AQUARIUS

AQUARIUS

AQUARIUS

AQUARIUS

每個人心中都有一座島嶼，

藉文字呼息而靜謐，

Island，我們心靈的岸。

你道是
浮花浪蕊
崔舜華

序

迤邐·刺青·沉香

——序崔舜華《你道是浮花浪蕊》

◎鄧小樺（作家）

我一向是崔舜華的讀者，首先是她的詩，那鮮豔熱烈的身體與恍惚浮盪的精神常讓我覺得豔羨不已，覺著創作力真是旺盛。這次是她的散文，比詩更接近生命的全貌——但實在一個人生命難言可被文字盡全貌——僅僅是接近，已經有巨大的重量。

所謂散文，定義衍漫，體裁無所不包，亦可包納虛構；唯一較受公認的定義是，散文會被置於「與作者真實生命較貼合」的前設之下。是以散文寫作雖然可信手拈來，但卻也需要相當的勇氣去展現及解剖自身。而如果是為了糊口而煮字療飢，那就像日常時時把自己的生命切成生魚片上桌，那鮮豔得淒慘的魚頭也只是餐點的裝飾。書寫，在這個意義上，是殘忍的。

生命或可繁花千種或傷痕不斷，但生命首先是時間。回憶是本書中常出現的主題，童年的創傷，家人的關係，學校的排擠，人總是傷害的來源（有時我們承認也是自己傷害的對象），倒是物件比較忠誠安心，貓更是救贖。而崔舜華的時間總是身體性的維度，那些經歷過的創傷，便如時間在身體上的刺青，不能去除。夏宇輕鬆地說，「只有咒語可以解開咒語／只有祕密可以交換祕密／只有謎，可以到達另一個謎」，那麼，是否只有刺青可以蓋過刺青？覆蓋亦不過某種保留。

時間是難以量度的，而令人驚異地，即便生命再混亂，崔舜華都是一個準時的人（我則是約會時遲到的壞人了），她所得到的大概是在準時但對方未到的時刻中一再體會時間如何錯開。「遲」，一個出廠設定準時的人，卻不得不一再深刻體會時間的錯開，是本書中一個張力甚強的主題。等人會遲、月經會遲、回家過年會遲、為了校正生命而服下藥片，藥力則帶來昏睡與錯失。單純的「準時」，無法消除與周遭環境的解離，因此痛苦加倍。書中第一章節名「萬物迤邐」，「迤邐」這個字型古雅華麗的詞語，其中一個意思是「緩行貌」。崔舜華在生命的防波堤上緩行，是覺得自己落後了？還是走得太前了（因她素來是準時的）？無論是追上她還是停下來等她，舜華在等待其他人？在等待她自己？還是等待時間本身？

關於處理創傷及痛苦，有一句老話說，「等時間過」，讓時間淡化一切。不過崔舜華浮花浪蕊的生命，看來持續如漣漪漩渦之衍生，在等待舊傷口復原的時間中，她的生命能量與激情，早已突圍去引發新一輪的冒險，捲起新的漩渦。作為一個徘徊邊緣、活得殊異、以極端來克服極端的詩人，本書中自有各種生命與關係的浮蕩與不可理喻，作為讀者我並不會像〈島民紀〉中的八卦鄰人一樣大驚小怪或產生窺祕之心，我只是真的想到「浪擲」這個詞。時間的浪擲，生命的浪擲，在詩可為繁花千錦意象湧現，在人身呢，如刺青，會不會多到刺滿身體無法承受？

崔舜華對自己的浪擲自然也有省悟，見於〈禮物〉、〈睡事〉等諸篇。在本書文章的編組中，隱隱可見她將童年時的創傷與家庭關係的不諧，理解為成長後自覺卑賤的自厭情緒，常常會逾越常識界線而傷害自己。在現實生活層面處理，我是一再向崔崔說，你要記住，你是非常重要的人，不可以因為別的鳥事而忘記這點。

但在文學的角度看，這種生命的揮霍，讓我想起巴塔耶的愛欲經濟學：與「生殖」那強調生產、累積的資本主義式型態不同，純粹的愛欲就是浪費、揮霍、不累積任何東西。這樣說來，它其實是，一種理想。巴塔耶的《內在經驗》我時常帶在身邊，書中說，一旦要貫徹一種「以生命作實驗」的嘗試精神，必須先肯定「所有經驗都是好的經驗」。即是各種暈眩、嘔吐、痙攣、抽搐、失神、失禁、迷狂、譫妄等等等等，都要肯定為好的經驗。這種高度，多麼難。巴塔耶說他秉持著這種想法，到達了「極苦」——那是書中間部分的一章，是散碎不成篇的筆記，根本沒有完篇，真的十分好看，只是我從來無法看完也無法記住裡面的細節或句子，好像在離開地獄前被咒語消除了記憶一樣。

崔崔也必是理解，與我同樣的矛盾：極其痛苦而現實中難以承受的事物，在另一個層次看其實是理想。只是任執一端都好像磨滅了當中的複雜度，於是只能一再迎戰——我發現在書中，崔舜華的特殊成長型態是：能力與困境同時提升。像她有愈來愈強的搬家能力，就搬愈來愈難搬的家。像她喝了酒又服藥，酒量和藥量都一直增加，因為它們互相抵消，無有任何累積。

我想起香港的沉香樹，樹幹受傷時傷口會流出樹脂，那就是名貴的沉香，本來入藥可止痛，但做香時極昂貴，二〇一四時的市價是每千克五萬八千元港幣，貴於黃金，因此受人跨境盜斫。我視崔舜華的書寫，亦如傷口中流出的黃金，而本為止痛。

我本是很喜歡送人禮物的人，而崔崔也常送我小禮物，後來我發現她袋裡總有好多禮物要送出去；禮物本是以愛換愛，其中的機制本書中也剖析得很深刻了。只是，自掘傷口自曝歷史，充滿情緒的文字液態流瀉，是發洩，還是餽贈？像回應我的問題那樣，我在本書幾乎一直向下的曲線中，經歷第四輯的讀書筆記「散策碎言」之後，突然讀到一篇出乎意料地充滿「肯定」的力量的後記：崔舜華記得語言是金子，寫作是打磨黃金，「將金子般的心呈獻予你」。所謂張力，所謂語言內在的對立結構，或僅僅是修辭經營的小小習慣，便可讓我們寫作的人，自然由一端跳到另一端，在沉埋中看到微曦，在墜落中看到超昇，在毀滅中看到生之不滅。當然一切反過來也可以。但我讀到掩卷那時，不禁有些許感覺到宗教般的拯救感：文學的修辭之美的追求像是一種頑強的生存能力，或張力的自然反應便包含療癒——人是可以在書寫中拯救自己。一切經驗都是好的經驗。

目錄

第二章　土裏隕石

第三章　時物溢流

目錄

第四章 散策碎言

第一章　萬物迤邐

來遲

時間在藥之後走得拖沓緩慢，我的身體與心智正忙碌，忙碌著適應新的藥片，淺藍若遠霧而湛白若水色，怎麼樣都是冬的顏色，針織軟堆裏有我渴望的純粹的冬天夜晚的色譜：無夢的黑，安寧的青，強壯的紅。

一百毫克的片碎讓我昏寐，冰涼的黑咖啡賜我清醒。許多事情因顏色而互相聯繫起來，成為某個形體，某個聲音，像清淺沉默的風鈴一串串應和著風撩而擺動，像整個秋天因為暈眩渴睡而不可得之苦痛，常常忘記澆水，使得葉片自動調暗了光度與高度的那些可憐植物。整個房間也是暗且窄的，但我親暱地仰賴著它，一如我牢牢仰賴著昨日攢到手裏的藥。新舊不拘，輕重皆宜。

連綿落雨天，雨一筆筆地遞增，藥一片片地遞減。雨落下來落下來，直到房間的天花板滴下老舊的警訊，透明的圓形的水滴滴濺在地板上成堆的毛織天鵝絨表面。一頭透明的小幼鹿躲在水窪的夾層板裏哭。我連替房內物事挪換一個角度的方位都儢懶。怠職的水泥孔隙間無聲漏下的雨，某方面同時注定是生活的宿命。

雨不斷落，泯滅一切可見與不可見的界線：心智與身體，塵埃和毛團。現世是一場長夢，在夢裏一切皆蹣跚拖沓，將到而未到得教人心焦。你眼看見那就是盡頭，可是沒有人——沒有人可以告訴你，你究竟應該抵達哪裏。

你想起D的房間，在那房裏，你縮在棉被薄涼的床緣，眼瞳朝上地瞪視著貼了橫橫豎豎的膠帶的隔音棉方塊。快要是冬天了，窗外是不祥預感般的細雨勾黏，摸起來稀稀涼涼，像誰失眠後的手心。你滑出手機播上幾首歌，音樂哼哼說說的是中島美嘉和李歐納．柯恩。在這一座被雨包圍的城市裏，在這一個燈光慘澹四壁滲水的角落，你想起不應該去想的細節，想起過去的恥辱，恥辱的衍生物。甚至開始數算起自己這輩子究竟被幾個男人搧過巴掌啊這樣滿懷憎恨的統計。

你想著，祕密而緩慢的死，想著世界上此刻所有與孤單擁舞的獨身者，塵世間一切孤獨的薄透的心像生苔的水晶，若不用力凝視，此生注定目盲。

你總感覺甚麼都被雨給害了，未經裁飾的雨粗暴而簡易，在雨中你將那些壓抑的憤懣的慾望不停不停地往後推遲，將這一輩子總總無緣的放蕩的快樂輾著壓著，在早已過了青春期的身體的最內層，犯過的錯誤可以摺成幾百隻濡濕的紙飛機，機翼上寫滿無可辨識的黯淡心思。邪惡的念想。嫉妒的涅槃……你想你的美好日子真的來得太慢太遲，像一個漫不經心地忘記了約定的愛人，而你就在這裏，在原地，等了一年，爾後一年又一年。你錯過了所有聯絡的方式，切斷所有通話的渠道，在大雨漫漶的深夜裏，你抱著棉被不出聲地掉眼淚，要自己一定要趕快長大，長得比其他所有輕蔑你侮辱你暴烈你的人更強悍更壯大。

但你終究也沒有煉成一對防水阻霧的火眼金睛。在D那頂樓加蓋的狹窄的木板隔間的屋簷下，你哭過好幾次好幾次，整條街面的積雨都是你氾濫的悲傷，教每個行路人的鞋底鍍上一層滑膩的水銀。等你哭完了你們便做愛，有時他在上面有時換作你，床褥因反覆的肢體交纏和推促而捲輾成形狀奇異的柔軟生物。奇特的是每次做完後你竟也沒有半分動物感傷。方才的雲水歡愛不過是一場短暫的夢中逃亡，助攻你向一切善忘且來遲者施行微不足道的報復。

雨水淋漓。雨水無間。而最冷最沉乃至澈骨深情的雨，還是在木柵。在木柵居住的最後一年，我在學校附近租了一間便宜的小雅房，木板隔間，房內僅一套桌椅一張單人床。窗承西曬，開了窗就是充作公共洗衣間的半圓弧形陽臺，若將視線再扯得長一點，就能看見對岸的河堤，緊鄰堤邊的籃球場。當我縮背屈腿地將自己嵌在老舊的桌電前敲打鍵盤，一落一落的書紙講義從桌邊從地板漫漶至床頭，書頁的邊角黏滿了紅藍綠黃色的標籤。霧嵐在凌晨的天空妖嬈地交纏，在水霧凝結成為冰涼的玻璃顆粒之前，窗外已將陣陣潮濕的預感送入房內。不久，雨便淫淫靡靡地漫漶而下。

雨下開來了，有雨之日無窮無盡，那真是沒完沒了，我連一雙渡水的好靴都沒有，更何況得在截止日前扛抱著一整落沉重書冊朝圖書館涉水而行的狼狽。雨將我囚禁於仄室，自絕於塵世。我跨出及膝的書牆，心緒灰暗地聽著雨聲日以繼夜地在耳畔低聲噏訴著這世上我所能夠想及的一切的寒冷和貧窮——沒有家，沒有錢，沒有黑眼睛的愛人，沒有一雙及踝的雨靴。我輕易地便放棄了，將一段段硬如結石的文章存檔摺疊收起，打開另一個視窗胡亂地塗寫一些字，非常幼稚非常寂寞。我撥開電腦音響，李歐納．柯恩在我身後，他紳士地微微彎身，倚著牆角，壓低黑色的天鵝絨帽簷，動用肉體之內所有神祕如琴弦的皺紋，在雨裏低低地歌唱。

It's four in the morning, the end of December,
I'm writing you now just to see if you're better.

你在房間裏聽歌，在另一個房間聽一樣的歌。雨滲透空間的邊界，記憶像濡濕的紙一樣皺而易碎。你反覆地去D那裏，一部分是因為——那裏像極了你木柵的房間，一樣的潮濕，拼湊，零碎且脆弱，就連雨天的光線的色調和氣味，也幾乎是一模一樣的——至於另一部分，僅僅是你感到寂寞罷了。當他擁抱你的時候，你感到一股鐵鏽般陳舊的懷念氣息，懷念你如此漂泊虛度的這四十年裏，所有來遲且不言歉的一切。如此而已。

迷途之人隨雨逐流，雨穿堂過巷，人們各自揹著濕潤的無色的小舟，各自前往或者後退至某個地方。你決意不再去D的住處了——你有了你自己租下的屋簷，屋簷下有貓靜靜地看著雨反覆落。三十七歲的女人和貓，如果你或貓都再年輕些，是不是就更能夠掌握踩一隻舞般躲避雨淋——或者——乾脆拋開傘暢快地淋一場雨的訣竅？

Singing in the rain. 我調整時鐘的指針，但它總是比我預期的時機更遲上幾分。那來遲的錯身而過的精確的機遇，像一窪愈掘愈深的黑洞，人在坑底汗如雨下地將砂土往坑外鏟扔。偏偏。此刻。雨復掉落在肩膀上，我所掘求者，最終不過是我自己孤獨窄仄的墓地。雨水再度推遲了我所冀求的安寧。為了表示某種不服輸，我在雨裏唱起了歌。Let’s singing in the rain. What a wonderful world?

事已至此，你該清楚：你錯失得太多，擁抱得稀薄；太多來不及告別的分離，以及尚未被好好履行的輕率的承諾。你亟欲趕上那隔世般來遲的一切情愛嗔苦，於焉你冒雨離開一扇門，再推開一層漏雨的梯。雨裏來雨裏去，關閉又展開一場一場滿身冷汗的夢魘。而鑰匙常常是遺失了的，教人遍尋不著，急躁欲淚，只好坐在門下的階梯上淋雨。而你那馳名的藍雨衣啊（Famous Blue Raincoat），現在恰恰可以派得上用場——或是將它瀟灑地披上肩膀，或者可以將它攤開、撐掛在騎樓下某個巷角，給一頭驚惶的貓靜靜地避一段雨。

遲到者

從很久以前起，我便是那個不遲到的人。

出於某種莫名的傳承，母親恪守準時的習慣遺傳給了我，像一只肉身的鐘，鐘針總在心頭數跳著。上學尤其不能遲到，從幼兒園起，我已經習慣了比上課鐘更提早半個鐘頭坐進教室木桌椅，默然地望著同學甚至是老師的姍姍抵達，所有人都比我更不在意牆上素白臉框的那面鐘，指針一格一格挪走像其他人愜意的步伐，總有逼近上課鐘響才從媽媽手中送進教室的孩子。我不懂他們的悠閒，只知道自己不能夠鬆懈。

維持準時、甚至提早抵達的習慣，持續了將近三十餘年。多年以來，我總是在原地等待的那一個。開始抽菸後，我便站在約定的地點一根接一根地抽，抽盡了將菸蒂一隻接一隻地踩熄，那是我等候的記號，標註著對方遲到了多久。有時候對方會傳則訊息來：抱歉，我會晚點到。更經常地，彷彿對方鐵了心般篤定我會等著，連聲響息也無。而我恰恰是會捺著性子等下去的那類人，等到天色漸暗，等到咖啡涼去，我逼著自己要有耐性，再等一下、再多等一下。

在我心底，其實壓捺著一份深切的不明白，不明白他人何以視約定為羽毛，隨便一揮手就飄散。時間是信諾，信諾對於我是至為沉重之物。也許有人要說每個人重視的事情都不一樣——不是的，我想大喊出聲——不應該是這樣子的。

有一天，我告訴自己：從現在起，我也要做那個遲到的對方，我也想要理直氣壯地讓某個人等著我，等著我妝容完好、踩著高跟鞋姍姍到臨。但總歸是積習已久，習慣難改，極大部分的機率裏，我還是那個抽著菸，等待著某人的某人。守時像一句頑固的咒語緊緊箍死了我，我等待，壓抑，不耐，壓抑，依舊等待。對方不會知道我如何提早精心地備好了妝，挑揀會面的衣服與搭配的鞋子，為了怕趕不及公車而乾脆花錢搭一趟Uber。這一切，遲到者一概不知曉實情，他們有他們的節奏，不捨得輕易為我改變。

風水輪流轉，從必須早起工作的那一天開始，我竟也扮演起失職的遲到者。頻繁的失眠與睡眠中斷無情地吞噬著我的意志與肉身，一週內竟有四天，我素著半張臉孔飛奔下樓、飛快地攔了計程車，為了早打上一分鐘的卡而心急如焚，賸下的半張臉在車途上匆匆完成。那時候的伴侶總是晏起晚眠，他絲毫不能體會我對於早睡的需求，總是頻頻搖醒我陪他聊天。凌晨三點鐘，我陪著他跨上機車夜遊，面對繁亮如星的夜景，我心底僅僅灼燒著巨大的焦慮，既氣悶著對方的不體諒，也焦急著自己即將的醒不來。

如此這般，我忍耐著諸多無理的索求，以及每天睜眼醒來遲到就明擺在眼前的焦慮，抵抗著睡眠不足的肩頸疼痛與頭暈欲嘔，只到職了半年就向主管請辭。當時的主管對我特別寬容，極為重視出席率的他未曾責怪過我一言半語。我懷著愧疚感與相對而來的解脫感，收拾物什離開了公司，當然，回程也是招了計程車的。

然而，即便離開了準時打卡上下班的日子，生活裏依舊到處是需要準時完成的項目，特別是等垃圾車。身為一個潔癖患者，我不能容忍家裏堆積超過兩包以上的垃圾，而無論是哪一個男人，無論對方有沒有上班，倒垃圾的任務總是落在我身上。男人很怪，既怪且懶。於是我必須逐日地提著垃圾下樓等待，而垃圾車的到來也往往不確切地按表操課，我撓著被蚊蠅叮咬的腳踝，捺著脾氣在鄰里眾人之中等待著音樂聲從彼街遠遠傳來。

每天洗碗洗衣、晾曬衣物、拖地吸地、鏟淨貓砂，餵貓給藥，這些都是不能拖久的必要家務，遲了一日去做，分量便加倍地瑣碎沉重。住處附近營業至凌晨的咖啡廳，以往經常是我的避難所，在家裏感覺實在透不過氣來時，揹了筆電帶了書，便去那裏用一杯冰涼的黑咖啡換上兩三個鐘頭的逃亡時光。最近，咖啡廳為了增加營業額吧，延長了供餐時段，一桌一桌地全是喫著沙拉麵包喝著拿鐵的談客。我的最後一方淨土就這麼被奪走了。我不由自主地對此非常生氣，既氣著咖啡廳的妥協也氣著那些恣意大嚼不懂清靜的人們。

最後，我只能回到自己的凌亂小室裏的仄几，抱著從便利超商買回來的兩杯冰美式，至少我還能邊讀書或寫字邊慢慢抽著菸。貓在地板上半睡半醒地瞇著，我衷心地羨慕著牠們的恣意自在。對於貓來說，準時與遲到，皆不過是一場鬧劇罷了，貓們喫飽了睡，睡醒了便玩鬧。天亮天暗，貓事靜好。

月經

月經總是遲遲地來。

從青春期初經來潮開始，經期一向非常準時，也許是因為少年時身體強壯的緣故，每一捲衛生棉都是鮮豔的血色，沒有遲滯濕冷的焦黑。縱使經痛，也就痛那麼一日，喫兩顆止痛藥便順順地捱了過去，沒有甚麼紊亂不安的跡象。

於是，關於月經，就像一列準時抵站的列車，車身衝撞發育中的子宮，悶疼不久，第二日列車準點啟動，經血慢慢地褪潮，一週左右便了然無蹤。

這樣的和平時日持續了很長一段時期，直到我開始生病。

病，也是晚晚地才來了的。將要三十歲之際，突如其來的失眠嚴厲地綑綁著我，從頭到腳，整晚僵硬疼痛，輾轉千次無法睡著。撐了一段時間，實在受不了這樣折騰的日子，遂赴了新店某間大型醫院掛身心科；等診等了許久，好不容易進到診間，年長的醫生頭也不抬地遞給我一張量表，表格上是幾乎幼稚園等級的問題：

近期有尋短的念頭嗎？

覺得人生不快樂嗎？

曾經傷害過自己嗎？

面對這些待勾填的問號，我簡直啞然，草草隨便勾了幾格，醫生接過表紙，看起來也意興闌珊，非常意興闌珊地問了診，意興闌珊地開了藥。我拿了藥回家，晚上按藥袋上的囑寫服藥。

藥沒有效。我於是開始尋求第二家、第三家、第四家醫院……大醫院的經驗被我貼上陳腐朽邁的標籤，我改找上位於租屋處附近的診所。我追求快狠準的效率，藥愈重愈好，我僅求安睡。這一間診所去了幾回，感覺不太對頭，便毅然地換看新的診所，面對新的醫生，吞服新的藥物。

在一間又一間診所間浪蕩，途上隨著不停地搬家，我推開一扇又一扇無塵無垢的玻璃門扉、一遍又一遍地填寫基本資料、遞上掛號費與藥費、收取一袋又一袋各色各狀的藥錠，感覺藥效漸褪，信用無存，便決絕覓求他處求藥。浪子求醫，一晃十年，我生的病始終難以定名：邊緣型人格、輕度解離、憂鬱症、飲食障礙……最終被歸為躁鬱症。

不知道是不是頻繁換藥吞藥的緣故，我的經期大幅縮短，減至三天一輪，且習慣性地總是遲來，每回遲來三五天都是常事。滯遲的瘟血在濕冷的子宮裏凍結，棉條抽出總是整貫的黑膿，像衝破地表後滯緩解放的火山岩流，被棉絮盡責地吸收，然後離開我的身體。

月經晚來時，初始我總是緊張得反覆拆開驗孕棒，浸入溫潤的尿液裏，等著幾分鐘後測紙完整吸收了液體，塑膠介面上浮現鮮明的一條紅線，才短短地安心下來一陣，接著又是重複的步驟，在浴室的小舞臺上一再上演，直到某日上完廁所拭抹後，衛生紙面浮現幾絲蛛網般的暗跡，就知道：又遲了，遲得教人鬆了一口氣。

隨著經血減量、經期裁半，以往可供鐵證的經前症候群也變得忽隱忽現，氣若游絲，僅有熟悉的疼痛依舊，止痛藥不間斷地喫，頭痛，腹痛，細微的痙攣，虛弱與失重，臟器的抽搐和疼痛在體內大張鑼鼓地搬演，我雙眼血絲面色枯槁髮絲乾涸，如遊魂般往返於菸灰缸與被枕之間。貓在床頭熟睡，發出細小的哼哼，做著我無法觸及的夢。我想起貓是很能忍痛的小獸，因此許多貓生了病都拖延了就診時機，因為貓懂得忍耐，善忍耐者總是很晚很遲才掉下眼淚。

面對肉身遲臨的血雨，我也該成為一個善忍耐並習為常的人嗎？倘若肉體是一只鐘，我一再一再奢侈地調慢指針，撥亂節奏，分秒於是不斷地擴張又萎縮，直到一切陷入無秩序的沙漠，我等待著那偶然無預兆的短陣雨，向前邁步卻又是一座懷抱撲空的海市蜃樓。

許多事情是自造孽的，月經如是。很久很久以前，我曾經擁有一副強壯而飽滿的身體，但我厭惡著它，用盡各種方法踐踏它，使它虛弱、混亂、對萬物成癮。十年過去了，我想盡辦法與這具我並不滿意的肉身和解，但總是以失敗收場。或者這輩子注定就是這樣了，我該向貓屈膝學習，承擔這一段毫無節度的飲酒、咖啡、服藥的日子所招致的後果，忍受著肉體的疼痛與失序，等待著姍姍臨遲的夏月升起，召喚我內部所深藏的紅色的細流。

年與年

小時候，在舊年與即將到來的新年之間，總有一道非常狹仄非常漫長的縫隙，必須拚命擠過那縫隙，才能抵達了年。

在通過縫隙的途中，是一轉接一轉的上下交流道咬著壅塞的國道。為了避開車潮，父親總是選擇在凌晨四點上路，由母親將你和弟弟搖醒，那醒的感覺相當不好，手腳冰冷，雙眼瘦澀，嘴裏像含著經年生疊的青苔一樣地苦。母親將一層又一層的毛衣圍巾羽絨背心圈在你們身上。你才九歲——也許頂多十歲吧——你的弟弟約莫五或六歲。你完全無法明白，為甚麼每一個冬天，每一次寒假開啟，都得重複一次又一次完全相同的輪迴。

車上路，天還是完全矇暗的。母親的臉色也並不太好。如同命中注定一般，無論父親決定多提早啟程，便至少有一半的臺北人和他心有靈犀地想法相同。於是，整趟車程停停挪挪，挪挪停停，你忍著因暈車而上提下墜的一副苦胃，絞蕩著半個空腹裏的酸水，不敢出聲要求父親煞車踩緩一些。而父親的腳是愈踩愈重，顯示出他愈來愈難壓抑的不耐煩。副駕駛座上的母親不時偷偷覷著父親的臉色，這趟旅程，從一開始便注定是不愉快的，且要不愉快到底方休。

年復一年，在沒有高鐵，又捨不得費機票錢的情況下，你和弟弟縮在車的後座，盡量將頭靠著車窗，渴望著窗外的新鮮空氣，渴望著一切能儘快結束——但這是不可能的——從永和到左營，路遙途簸，車流壅滯，至少八個鐘頭，從未因著你們的痛苦而減少過半分鐘。

八個鐘頭。四百八十分鐘。兩萬八千八百秒。得耗費這麼久這麼多的時間，才勉勉強強擠過那道南歸的窄縫，像一場從無僥倖的漫長的分娩，每一秒鐘，都是磨難。十歲的你，一邊頭靠著窗假寐，一邊忍著嘔吐的慾望。車內空氣凝滯，凝聚著人的汗氣和怨氣，吞進鼻腔幾乎像咀嚼著腐肉，那氣味稠得凝成了霧，環繞在車內四人之間，幾乎就要落下怨言的暴雨。

下雨了，父親准許你們搖下一小截車窗，你將鼻尖塞進那仄縫中，貪婪地吸吮著車外的空氣。緊貼著的隔壁的房車裏，一雙小孩的光裸腳掌快意地踏貼於玻璃窗上，你感到一陣噁心，緊接著一陣強烈的恨意，想像著自己手握利刃，快心快意地剁斷那雙腳——

從那時起，你就懷上了妒殺世間陌生人的惡意。當人與人的距離被壓縮被剝奪到一定的限度，當人們感覺失去自己，你會對眼前所見的一切對象湧出莫名的憎恨——那恨啃噬著你的每根神經，八個鐘頭，四百八十分鐘，兩萬八千八百秒，無時無刻你無非恨著這無處可逃無計可施的旅途，而路還迢迢，天光放亮開來，父親餓了。

車轉向路肩出口，半點沒胃口的你雖痛恨著進食過程的拖宕，半點怒意也不敢發作，一言不發地下車，擠進公廁後方的隊伍（即使在二十多年後，你也忘卻不了那霉水與排泄物混合的潮濕氣息，那意味著肉身的困窘，暗示著命運的貧窮，以及你終生無力改變的所有壞噩之事）。

母親擠在小吃部的人群之中，替父親購買熱狗、香腸、茶葉蛋、貢丸湯。母親自己是一口也不喫的，她說她喫不下，而父親全都喫下了。畢竟，掌著方向盤的是父親，他需要體力與專注力，儘管你感覺到他並不高興。但父親沒有說話以前，是誰都不敢發聲的。

八個鐘頭，四百八十分鐘，兩萬八千八百秒。無數次的煞車、停頓、踩油門、緩速前進；無數次轉下交流道的廁所；無數次擠進小吃部的人龍……時間於此成為膠狀，像無味的蜜糖纏裹住口鼻，窒息所有的善意和交談。

鑽過這道狹隙，就抵達南方的年了。

即便是祖母還在的眷村，也是小規模而偏居於左營邊陲的，在高雄的地圖上或許根本不值一筆圈點。但那是父親執意每一年每一年必須重複南下北上，置身無數車蟻之中擠過狹窄的甬道，非過不可的年。

這樣的年過多了，你卻從未習慣。你只管眼巴巴地等待著某個路口，那牓著「自治新村」四個大紅漆字的牌柱在車頭燈前亮出臉，就代表著你們進村了。在南部猶微亮的向晚的暮色籠罩下，眾戶一面的鮮紅色的醬漆的鐵門成雙，門面上鑲著粗鑄的血色鐵門環，而祖母家就在其中一扇鮮紅鐵門裏頭，你嗅著濃得穿透了玻璃窗的家家戶戶的餐桌的訊息——白裏含翠的老麵餃子、紫實金黃的獅子頭、油亮厚實的炸排骨、裹著蛋汁的炸年糕甜膩得黏嘴，還有沸著白菜豆腐粉絲的大鍋，各種丸子下鍋滾上幾回撈起來淋飯喫……這是在你們來到村子過年時，各家各戶桌上常備的團圓飯菜，祖母的手藝比起其他人家，並不怎麼特出，故當你縮著肩膀、和堂兄弟表姊妹坐在餐廳的一隅時，眼睛看見的鼻子聞到的也差不多是這幾樣粗燒的家常菜，況且年年如此，從那時你便感知到，在眷村裏過著的時間，是一個永遠到不了頭的壞年。

然而，小時候的你還是很天真的，和堂弟拌嘴，和表妹玩紙娃娃，天黑了，便央求著叔叔帶你們去公園放煙花。那時候沒有甚麼禁忌，過年啊，心想事成，你所想的不過是一朵直衝天際的金花，花芯在半空綻開，溢散成細長的光絲飄落下來，像祖母家天花板垂下的一串串金珠一段段豔綢似的臘腸和肉段，氣味濃郁得引來蠅吻，祖母總是不停地拿著塑膠蚊拍打蒼蠅，蠅們甫降落復驚起，大約也感到倦了，有時稍憩在草綠色紗窗或白色水泥牆上，隨即被精準地撲殺。

而你所知道的不變的事情是：每過一次年，總要吵上一回架，為了你聽不懂的陳年舊釁，為了你不知情的新添的齟齬。小時候，母親會招你們進房間，要你們別大聲說話，大人們在談正事。隨著你漸漸長大，還依舊搞不懂那些新讎舊恨由何而生，要招得每一年過了初一，喜氣散了便換了臉色，理論起誰的錢誰的欠，愈講愈上火，最後總不歡而散，你們被父親驅趕上車，推推搡搡地擠進國道上的車陣蟻列，滿腹怨懟的父親誰也不敢惹，車內空氣因汽油味而更顯得刺鼻，你幾度渾然欲嘔又忍住。

八個鐘頭。四百八十分鐘。兩萬八千八百秒。回到臺北，已經是凌晨一兩點。你再度從那道年與年之間的窄縫裏勉勉強強地穿身而過，活了下來。

幾個又幾個年之後，那年你已經上高中了，是家族裏第三代最年長的，但半點長孫女的特別待遇也沒嘗過，你也寧願沒有人留意到你，你過胖的身材，你粗拙的五官，你笨擰的舉止。那年，你親眼見過父親一巴掌摑上他二姊你二姑媽的臉，為了甚麼原因你一點也不知情，只是驚得呆了，和所有人一起怔在客廳裏，看二姑媽拉著表妹快快地推門離開。

這樣的年一直過著，但也過不太久了，直到了你準備考研究所那年，才藉由用功之名而僥獲倖免，那時你已經二十歲，早就度過了好多個這樣縫裏來隙裏去的年。你是二月出生的，生日總得和年一起混著過。你還記得二十歲的生日，不知道哪個親戚帶了個奶油蛋糕給你，弟弟、母親和叔叔坐在沙發上，為你合唱生日快樂。你的父親站在一旁，始終面帶輕蔑地乜著你，整首生日快樂歌唱完了，他一語不發，你低頭切開蛋糕的奶油表層，不明所以的眼淚委屈地含在眼眶角落。但你說習慣也早就習慣了，這樣的結局還算溫和的，這也就過完一個年了。只是你不知道，從此你再也不會咬著牙摀著胃，在新年和舊年之間擠著捻著，大老遠地回一趟左營眷村，過一個從不教人快樂的年。

後面幾年，眷村的房子拆平了，父親和兩個叔叔湊了款，給祖母買了一幢四層樓透天大厝，但祖母不喜歡這厝，決定去祖父老家河北依親（或者是河南？但其實哪裏對你來說皆沒甚麼重要意義）。

祖母回來的那年，帶回了重度失智與癌症四期，癌細胞不斷在祖母混亂的記憶裏電掣風馳地奔跑移轉，讓她原本並不和善的脾氣更形喧鬧，母親像哄著孩子一樣哄著祖母，在她的撒賴和父親的暴怒之間疲於奔命。但身為長子的父親畢竟接下了祖母，讓出主臥房給祖母住下，母親負責日燒三餐，每天晨昏定省地帶祖母出門散步。唯有散步的時候祖母是安詳而可說話的。她這輩子最平靜的時候，也許就是這樣，在母親的陪伴下，甚麼也不計較也不記得地走過一小段路。至於這路是永和的小巷或者眷村的後弄，她也絲毫並不上心。

再過一年，祖母沒了。在每一場的舊年與新年交接之際，你再也不必勉強自己忍著全身的痠痛與抗拒，勉力穿過那道黏著南部與北鎮的縫隙，那縫隙早就被死者填平，在生者的時間裏消弭，無留半分蹤跡。

旋木

還是孩子時，每到訪遊樂園，我必先往雲霄飛車、自由落體等刺激興奮的器具奔去，那時八仙樂園是家庭旅遊與校外教學的首選之地，清涼光滑的高空滑水道、泳圈四處漂浮的游泳池、高速旋轉的鐵鍊鞦韆、充滿驚聲尖喊的自由落體，以及我最渴盼的、高高飛離地表的雲霄飛車——

雲霄飛車的排隊人龍總是特別曲折漫長，而我總是一個人塞在隊伍中，父親和母親忙著照顧年幼的弟弟，帶他去兒童專屬的遊樂區，我樂得百無聊賴地觀察四周，緊盯著雲霄飛車在高空滑行一圈又一圈，最後直衝而下，再緩衝停步，乘客的臉上掛著既十足受驚又意猶未盡的燦笑。隊伍漸漸地縮短，終於就要輪到我了，我雀躍以待，準備好要享用一場教心臟奮猛的奇幻之旅。

但在遊樂園裏亦是炙手可熱的旋轉木馬，不知怎地，我總是刻意略過。那時我感覺自己已經長得夠大了，而播放著娃娃音童歌、行進又緩慢冗長的旋轉木馬，是小小孩才喜歡的玩意。那一長列圍在柵欄外、搶著替自己小孩拍照的年輕父母，也教我不耐煩極了。而弟弟通常就騎在其中一頭塗滿卡通色漆的木馬上，一下了馬立刻嚷著要再玩一次、再玩一次。當著父母親面前，我不敢表露心底的嗤笑，便跟母親要了些零錢，轉身去覓有著雪糖冰淇淋的店攤。

直到好多好多年後，聽見王菲演唱的〈旋木〉，空靈的女聲娓娓唱吟：「旋轉的木馬／沒有翅膀／但卻能夠帶著你到處飛翔／音樂停下來／你將離場／我也只能這樣」，充滿隱喻的歌詞與溫柔輕巧的編曲，讓我驚豔已極，自此一改對旋轉木馬的偏見。

自此以後，偶爾去一趟新砌的兒童新樂園，我反倒特意廁身加入旋轉木馬前的隊伍。比起舊日的旋轉木馬，新型的旋轉木馬更華麗耀眼，占地面積也更寬廣。高聳的巴洛克式城堡屋頂氣派十足，馬卡龍色系裝漆的馬身，煥泛著溫潤的光澤，更有可容納四人的包廂座椅，彷若替童話中的美人魚量身打造為巨大的貝殼形狀——我腦中重複播送著〈旋木〉的旋律，彷彿女后登基般滑身坐入粉金漆飾的龐大貝殼，旋轉木馬開始啟動，緩慢地原處繞了一圈又一圈，我有些暈眩，卻感到某種童稚的愉悅，在冬日的冷風裏，心底同時滿溢著哀傷與快樂。

「奔馳的木馬／讓你忘了傷／在這一個供應歡笑的天堂／看著他們的／羨慕眼光／不需放我在心上」

——我似乎能夠稍微理解了——關於旋轉木馬的哀愁，旋轉木馬的心緒。在我眼中，旋轉木馬因而成為一首砌疊音韻的長詩，一次又一次地被孩子們稚嫩的肌膚親密地閱讀，當白晝的日光灑落，旋木所在，即為天堂。

乖乖桶與同樂會

小學時，最渴望擁有的，是一只乖乖桶。

在物價還沒誇張地上漲的彼年，記憶中一只乖乖桶要價確實不菲，那時候的鈔票很大很大，不像如今，兩三張千元大鈔一轉眼就花罄，感覺上彷彿只用了兩三張揉皺的百元鈔。

所以，那時捨得花這樣的錢，買乖乖桶為了讓孩子開心的家庭，經常是財錢有餘的中產階級，因此，盛裝著五顏六色各式糖餅的乖乖桶，在孩子之間隱隱然地意味著某種階級差異。

幸運的是，我屬於買得起乖乖桶的那種家庭。

每逢有同學生日，其他人在老師指揮下，嘴裏唱著祝你生日快樂，心底覬覦的，則是那一大桶繽紛奪目的乖乖桶。

這樣的時刻，乖乖桶的持有者（當日的壽星），就是一整個班上的王。與他素日親近的同學自然能分得幾粒甜頭，其餘的人則依著臉皮厚薄而定，非常非常饞的那種孩子，願意涎著笑臉挨著壽星團團轉地萬般討好，只為獲得一粒同情的軟糖。我小學時特別愛面子，才不願意紆尊降貴地求人施捨，僅坐在教室邊角的座位上，冷冷瞥著眼前貪態畢露的一群小鬼頭。

終於輪到我的那一天，前一晚母親攜我去便利超商，買了生平第一個乖乖桶，那桶在我眼裏看上去好巨大好華麗，抱在懷裏卻出乎意料地輕。那輕彷彿暗示著這趟儀式有多麼荒謬，對於小學年紀的我來說，總感覺那只乖乖桶隨時會從我手中飄走，像天燈般悄悄升空而消失不見。睡覺時，我刻意將乖乖桶擺在最顯目的餐桌上，確定它不會穿越天花板而偷偷遁去。

現在我明瞭了，那是一種因情緒的高度膨脹，以至於讓物理規則也隨之蓬鬆的非現實感。

隔日，即是我的登基之日，我的生日在冬天近農曆新年時，好不容易能在學期末碰上，我記得母親特意打電話向老師說了幾句，於是，在某堂課的結尾，老師開始帶起氣氛，教室裏的熱度漸漸增溫，當全班同學都轉身看向我，合唱「祝你生日快樂」，我突然感到非常彆扭，臉也不敢抬地將乖乖桶的蓋子旋開。

首先，當然要先讓老師揀乖乖桶裏她愛喫的，老師通常僅意思意思地挑了兩三顆，緊接著，我的座位周圍不知何時已團團圍了一大群人，那包圍的氣勢簡直像是要把我整個人吞沒，我半句話也說不出來，絲毫沒有王者的氣勢，而是低著頭隔得遠遠地，任那群熊孩子貪婪地掏空整桶軟糖餅乾。

從頭到尾，我僅僅感到深切的挫敗，以及從王座跌落的頹喪。

小學時，還沒有週休二日的存在，每到週六，學校特別開放半日的便服日，上午聽課時誰都無意專心，老師們當然也曉得孩子的心思，經常地，班導也爽脆地騰出第四節的導師課，讓同學們將喜愛的零食飲料塞滿書包，把桌椅橫橫豎豎地圍湊成一圈。

這時，通常會經歷一小段「誰跟誰坐」的歡快的爭執，老師也是笑眼看著。等到塵埃落定，大家一齊嘩地一聲拆開零食包裝，班上特別能搞笑的男同學粉墨登場，那是他們的魔幻時刻，平時功課不好的，不愛寫作業的，此時每個都成了大明星，班導難得地對他們展露溺愛的笑容。

於是，自導自演的短劇、各科老師的模仿秀、獨力撐起場面的脫口秀輪番上映，女同學們笑得花枝亂顫，連班導都忍不住笑意。諧星型男孩一向得人緣，藉由同樂會的聚光燈，逗得哪個女孩芳心微動也是極有可能的。

無論怎麼說，那真是耀眼的金箔般的時光。

上了中學之後，開啟了我人生最初的噩夢——被全班同學嘲笑與排擠，被認識與不認識的人霸凌與羞辱，我夜夜將臉深埋在枕頭裏哭泣，祈禱著那些人全部消失，轉學也好搬家也好，甚至直接死掉也好。但他們全都活得朝氣蓬勃，時時刻刻都滿溢著跋扈的幸福。

我向許多人提過自己中學時的痛苦，但極少談及細節。一直到後來的後來，我向諮商師仔細地敘述了這一段過往。諮商師問我：如果現在成人的你，可以對當初欺負你的人說一句話，你想說甚麼？

我希望他們所有人一生不幸。

飽受欺辱與拮据孤獨地度日之途，我走了很久很久的尖刺石礫路。有時候我感覺深沉地困惑，這樣的時刻，竟讓我偶然地無來由地想起讀小學時，竟然不乏快樂和笑鬧的時刻，加以情竇初開，暗戀的男生一個換過一個，但從未有勇氣表白，不過是單純地看見對方，心底就流過一陣甜。

我不曾被受邀過小學或中學的同學會，我不知道你們如今身在何處，也許已經成家生子，也許正在徒手打拚，也許是普通的上班族，為了業績和過量的工作而常發地偏頭痛或失眠。

然而我真摯祝願，願你們一生安好，寧靜幸福。

青春悼遲

每回，總有人問我這問題——你的青春是甚麼樣子的。

面對類似提問，我總是也只能選擇說謊。實際上，在我的生存路途間，我幾乎從沒有領受過青春的歡愉：那些將制服修改得如小鳥般的女孩，那些薄倖而可人的男孩；當年流行的拍貼機、燒肉喫到飽、興起便在哪個同學家夜宿如自家，等等等等……我卻從來沒有被澆淋過這樣的臨幸。

我的青春，脹大地塞溢了羞辱。

那股羞辱，於我而言是內外兼有劇毒的，內有家人的冷淡與嚴厲，於外則是學校裏整個年級對我的排擠和輕蔑。

我想把這一切寫下來，因為我想要涉水砥足地，踩在那一塊又一塊曾經炙傷掌肉的礫石上，憑著我自己，跨越過去。

中學的時候，父親異常嚴厲地管教起我來，他要求我上半身制服襯衫的每一吋，都得緊緊紮入飽脹的腰身裏，裙子自然是不准改的。那時我正值發育期，身體開始大量地長起肉來，父親逼視著我身上多餘的贅肉，領子也必然是扣到喉嚨的。我感覺自己像一隻腫脹的大象，舉步艱難，每個人都因為我的身材和穿著而蔑視我，甚至閃避我，彷彿我渾身散發著一種名為醜劣的毒氣。

對於我的痛苦，父親視之為青春期的反抗——諷刺的是，在父親的鞭子底下，我根本沒有過真正的叛逆期。而我真正擁有的甚麼？是假日的時候不被允許出門，只准蹲在房間裏一遍遍地寫參考書，到了週末的黃昏，父親會強迫我和弟弟與他一起出門散步，他深信打羽球等等對我們的身心是有益的。而我龐大的身軀被要挾在一團歡快地鏟著溜冰鞋的小孩，與一群揮汗如雨地爭奪著籃球的少年之間，這樣的格格不入使我深刻地感受到：僅僅置身其中，便已是某種嚴峻的恥辱。

然而，在學校裏，日子也沒有好過多少。我的朋友很少，少得我得以認清事實：我是沒有朋友的人，不過偶爾被施捨了同情。在殘酷的青春生存叢林裏，可憐人只堪與可憐人相伴。不受歡迎的老弱殘虜，僅夠資格與相類者偕伴，在體育課或化學課時，勉勉強強地最角落處湊上一團，像老弱殘兵盤著麻將般笨拙地搬弄著實驗器具或體育用具。

我永遠是在白線邊緣接不到排球的那個人。

但那時，我幼稚得沒有稱得上自知之明的自覺。一次班級競賽，要接力賽跑，其中跑第三棒的女生腳受傷了，不知怎地就由我代跑。我本來在班上就不是受歡迎的人，練習時情況卻都出乎意料地不錯，這樣的假象讓我飄飄然地快樂起來，彷彿我可以藉此扳回些甚麼。等到真正上場後，情狀卻完全逆轉——我眼睜睜看著別班的跑者一個接著一個迅速地從我身邊超越，而我腳步卻鈍重得如縛鐵塊——最終我們班級輸了，我蹲在操場不敢回教室，因為教室前的走廊上，我所隸屬的班級，全班都在對我挑釁地喊叫——喂！你上來呀！大家都在等你哦——！

我幾乎已經忘記我是怎麼低身如弓地攀上樓梯，一階接一階，逼迫自己提起力氣走向絕望，走向他們。他們把我鎖在教室外面，非常歡快的樣子，對著我笑——究竟有甚麼好笑呢？我們輸了，而且罪人僅僅只落下我一個——也許正是因為這樣，人們有了明確的標靶，將箭哪矢哪往某一個靶心砸去。

我就是靶心，因為我不能有心。如果我有心，我就會哭出來。

我在班上的待遇，從接力賽事件之後，沒有變好也沒有變差。我唯一事後後悔的，就是我又不自量力了一次地、報名了畢業旅行。在報名表上，我和幾個女生組組湊湊了一間小木屋，其中有R，而R那時是我最好的朋友。在我的想像裏，應該是幾個女孩喫著零食促膝長聊到夜深，然而，事實上完全不是這麼回事。一進屋，R便溜去找她隔壁班的男友，並宣告自己今晚不會回宿，我的胸口頓時涼了一大半，而另外四五個女孩蹲坐樓中樓的上層，男生魚貫而入，鞋子隨意趿在地上——這一切都讓我驚嚇到了，我們賸下三人於是去了另一間小木屋——避難所意味地，屋內都是沒有男生會來找的女生，長短胖瘦，擠在一間臥室裏或躺臥著或側著身，一邊閒聊一邊打盹，反而意料外地愉快。

回程的路途上，我把自己塞在放行李的車廂底，我不想聽見任何人的聲音，不想聽見車廂內那些放蕩的歡快的笑語。另一個昨夜睡在我身側的女孩C，放棄了車廂上的軟椅，下來陪我坐著，沒說甚麼話，車身低盪地搖晃。

從此我最常往來的對象變成C，R則自然而然地跟她男友更親近了。

其餘的，都是小事了，譬如，當我必須從教室走到長廊尾端的走廊。總會有人從窗裏探出頭來指指點點：那就是某某某，長得真醜——欸！醜八怪！

這樣的輪迴，每一次去廁所時都必然要重演一次，反覆得教我早就神潰痲木。

比起與學校有關的這一切，我寧可更願意去補習班。在那裏，所有人清一色穿著制服，無人識得我誰，亦無人將奚落我，偶爾，因為必須在外喫晚餐的緣故，母親會給我多一點錢，我在下課後追著公車轉捷運、在濕淋淋的下雨的黃昏赴抵善導寺或臺北車站，用多餘的錢買一頓麥當勞或一碗麵，小口小口地在長桌的角落啜著喫——奇異地，在這樣一個如囚籠般不見天日、充滿階梯與擁擠桌椅的空間裏，我竟能感到少許的自由。

那自由來自——在同一個地方，所有人都失去了階級的別屬，同樣地穿著制服，同樣地埋頭筆記，沒有更優越也沒有更卑賤，那是我在學校裏永遠無法獲得的正義。

是的，自由來自於正義。而我的整個中學時期，總是在即將畢業的三年級，快速地衝刺到校榜的前端，那是我替自己掙來的正義。當我確定推甄進N大時，父親如以往般表現得淡漠，母親看起來也沒有甚麼歡喜，只有我錯認了，誤以為自己的大學生涯將是繁花盛開的。

一切都是我腦海中的妄象，現實與幻想從來也不一樣——因為戶籍在臺北，不符合住宿舍的資格，被排除在所謂的宿舍的小圈圈之外，我突然不得不變得獨來獨往，縱然我準時而熱心地上課，並盡量讓自己看起來總是有地方去的，企盼著自己可以在一群群擦身而過的青春男女中不那麼刺眼，但不可諱言地，我總是孤獨著的，總是一個人走著路，比較要好的同學，不是在宿舍賴床，就是去餐廳打工，而我兩者皆不能——那時我的門禁是晚上七點哪——我僅依賴著家裏的零用錢，一元一元地攢計著最低限度的花費，以及往返學校與抵家的每一分鐘。所以，口袋裏扣除車錢，我連一頓正正經經的午飯都喫不起。

正日當午，我像遊乞子般在N大的校園和街弄上低著頭走路，走去圖書館或者數位教室，乞求一個可供容身、有著清涼空調的座位。

某次，系上的一位老師C和我在充溢著炒飯香氣的小巷中狹路相逢，老師笑笑地問我午餐喫過沒，我晃了晃手裏的廉價麵包，這卻使他大大地震驚了，他拚命地要拉我進某間館子請我喫一頓正餐。如此陡然地被他人善意揭穿了我的貧窮和拮据，我面紅耳赤不知道怎麼推辭，最終只能擺手困窘地小快步離開。

那位老師在系上是教《左傳》的，而我從沒專心正眼地上過課，《左傳》的內容迄今我一個字也沒能誦出來，但他懷著憐憫要請我喫卻未喫成的那頓飯，我卻可以一輩子牢記於心。

畢了業，交了論文，我遷離N大附近的木板隔間雅房，在板橋租下價位低廉的小套房，套房內最大的就是一個衣櫃，連桌子都沒有。而每天我得往臺北市中心通勤，下班後累得甚麼事也不能做只想睡覺。隔年，我換了工作，搬去景美，多花了三千元，租下稍微好一點的套房，至少房內有一套桌椅，一小座書櫃，當我臨窗看書的時候，陽光灑在我的眼睛裏，好像一切都亮晶晶地充滿了希望。

我以為我的青春從此來臨，只是來得很遲很遲，遲得幾乎可稱為放蕩。後來換去的那份工作，壓力非常大，薪水雖相對高些，但我厭惡極了工作內容。我開始嚴重地失眠，躺在床上全身疼痛徹夜至天明。所以我從此有了藉口：下班後，我非得去鄰近的酒吧飲上兩杯，鬆解被壓縮至緊繃、彷若一碰即裂的細弦的情緒。

漸漸地，我也學會了和酒吧裏偶遇的男人調情，學會了應對前來搭訕的男性，如果隔天是週末，我甚至可以跟著陌生的男子，去旅館廝混一整晚——那是我二十五歲左右的時候，那時我出乎意料地有了變得美麗的外表，而青春是這麼遲緩而淫靡、滿懷預謀地靠近我。

彼時，想當然耳，我極少地回家。

如今，那些日子都早已消散了，十年的光陰流逝而去，我想他們應該都忘記了，那些一夜歡好過的男子，以及我始終懼怕躲避著的父親——他們大概通通都忘記了，忘記曾相好過我這樣一個女人，以及忘記曾逼迫過我這樣一個女兒。他們總覺得自己是講道理的、慈眉善目的、善良而體貼地，對待著像我這樣的一個人——一個像我這樣的、時常哀悼著我所失去之物的人：那些美好的光陰片羽，那些未曾被失眠征暴的夜晚，以往的白皙美貌，曾攢過的一些錢，如今全都彷似撈沙般通通從指間流散四方。

而我已盡力動用最溫馴的語言和記憶，冷然地將自己拉到一旁，彷若披上黑衣，哀悼著所有於他人理所當然、我卻極盡所能也不曾擁有的快樂。而許多事物，亦因而深深地到遲了。

第二章　土裏隕石

禮物

某些時候，你想起那些你曾給出去的禮物，給你喜歡的男孩子們。

這種時候，你的胸口總是鬼魅壓制般，滯悶著一股濃鬱的不甘——你想起他們滿面欣喜地收下禮物的模樣，你想起他們笑，迫不及待地試穿你所購贈的大衣和圍巾——以及，你怕那男孩冬夜受寒，而特意將一整被法蘭絨厚毯搬去他家，替他端端整整地鋪好了床褥。

而那條柔軟的水波藍的長毯，則讓他裹著其他女人安然地度過了好幾晚好眠。

回想起這些饋贈與無所報償的時刻，你總感到一場又一場的徒勞。你給得那麼勤快那麼慷慨，給人錯覺你是富裕且溫柔的。卻從來沒有一個人回贈予你。沒有人想過：你也需要精緻的溫暖，也渴求著被某人擁在懷裏疼愛。

這麼多年下來，這麼多美麗的男孩，而你是那麼貧窮那麼無知啊——直到很後來很後來你才醒悟：你所贈予的那麼多精心抉選的禮物，不是為了索愛，僅僅是某種乞憐。

你躲在那些包裝精緻的禮物後頭暗自乞求——拜託多喜歡我一點，一點點。

但男孩們多半愚知，遲鈍何況自私，他們甚麼也看不見甚麼也不明白——你的討好。你的卑微。你的低微做小。你的自貶寬容。一次又一次的自我說服。這一切在男孩們眼中，不過是你雙手捧上的嶄新的套頭毛衫，嶄新的鑲嵌老珠石的戒指，嶄新的銀亮的別針和鈕釦，嶄新的水晶吊墜，嶄新的羊毛圍巾，嶄新的牛仔靴型褲、軍裝長風衣……

你親手奉出的一切，皆流淌著乳蜜般新鮮而善良的氣息。獨獨唯你是陳舊的，腐朽的，不堪一顧的。你知道的，關於你與你的難以被愛，你全部瞭然於心。

你瞭然於心，你全都明白，但你無法控制也無法轉圜，關於那些奉獻，那些媚俗，那些討歡，那些認真的血淋淋地掏出心器肺腑而來的奉送——你要得太多太貪婪，而對方的狼子野心且不下於你。你們互相拮抗，既是敵手，又是愛人。既是讎仇，也是密友。

你們逐漸地明瞭過來。單方地給，與單方地受，不啻為一種嘗鮮而美妙的平衡，天秤上有著他的肉身，你的臟器；你的心臟是銀鑄的是鐵打的，禁得起每一回他驚喜而不饜足的神態。況且，於某個神啟般的瞬間，你頓時察覺這已成一種癮頭，好比針頭注射入你最柔軟裏層的血脈，好比蜂毒深深地螫入你向愛人開放的肋骨。

給予和收受——這是一場兩願的共謀。精心策劃的下場。沒有句讀的終章。你就此麻木。你從此不哭。你摸清了自己的伎倆，那既高尚又骯髒，一如對方敞開胸懷接納你的獻祭，又高貴又下賤。

下賤——你逐漸釐清了這個詞彙的意涵，那就是你與你的計謀，多麼齷齪而美麗的字眼——你無權責怪對方，因為一切皆是你自尋絕路的鑽營——但你亦狠不下心苛責自己——當你付出那麼多心思浪擲那麼多銀錢，只為了討他一抹歡顏——還有甚麼結構，能夠比此更堅不可摧更無破綻地共犯同心？

復然而然地，亦在某些時刻浮現記憶表面：你想起他人貧乏的回贈。你想起相對於你的奢擲你的闊贈，一如你擲以對方一塊璞琢精雕之美玉，而對方回投以一縷絲綢之線頭——而你故作歡笑，假意珍之藏之，繫在指腕之上，好表示你多麼歡欣珍愛——這種時候，你簡直恨透了自己——每每如此，下賤已極，不過這般。

但即使你明知，卻不可自拔地自我作踐。你依舊一再一再一再地反覆行之這套模式。像深夜喋血的祕密行動——因為你自知，在愛裏，你有多卑微，就有多高貴，你愈是貧枯，軟弱得近乎卑賤，便愈顯出你不求償還的私人美德。

於是，那就成為你與某人的共謀了。沒有誰虧欠誰。一切皆是兩廂情願。

一如佛陀倚靠著那畢缽羅樹，而開悟了那菩提的金子般的心。你依偎著他人的索求無度，而頹然地成就了你獻身的大歡喜。

搬家

雨天搬家，總是麻煩而又惆悵。

已然自詡為搬家達人的我，在這十年中，搬過了九趟家。一箱又一箱的書，一季又一季的衣物，細碎物件用泡泡紙仔細裹好，連乾燥花也是捨不得的，整束抽出來橫擺在最上頭一疊。為了省空間，以及減少雜亂的視覺，我總是扛起書箱，一箱堆疊一箱地往上增高，裝滿紙的箱子多麼沉重啊，我甚至因為胡亂地硬憋著一口氣鼓著手臂扛起鐵塊般的箱子而得了瘀傷，多年不能消停。但我沒辦法像其他人可以坐視不管，即使是搬家，我也要搬得乾淨體面。

而如今，我已經要搬第十趟的家，僅我一個人，和兩隻貓。書僅八箱，衣僅五箱，再加上雜物兩箱，畫架一隻，書架一座。我一邊捏著藉口應付同居人的問話，一邊不動聲色地打包封箱，四五個鐘頭便全數搞定。

貓是必須得先安頓的，與搬家公司說妥了價錢，簽了合約，取得新居的鑰匙，我立刻將兩貓輪流抓進籠裏——阿醜是好說話的傻妞，Pon則警覺性奇高，一看苗頭不對勁，立刻縮進沙發底最深處，我好說歹說，雙手戴著武裝般的防抓手套，對峙了將近半個鐘頭後，我整個人趴跪在沙發前，眼淚都快掉下來地向牠告饒：我不會傷害你，求求你相信我一次，就相信我這一次。

Pon遲疑而緩慢地挨近了我一些，我立刻把牠撈出來緊抱住，輕輕傾進貓籠裏——那一刻我真的相信貓懂得人，是我們不懂得牠們。多麼敏感而膽怯的Pon啊，向我挨近的那瞬間，牠確確實實地理解了我的焦慮與承諾。

我揹著加總起來十一公斤的兩隻小胖貓，一袋打掃用具，加上一行李箱貓碗貓食飲水器貓抓板等貓用品，緩鈍而笨拙地攀上五樓，將地板仔仔細細地拖淨一次，然後放貓出籠。貓們立刻躲進空蕩的衣櫥，雙眼溢滿好奇地偷覷著這陌生的新環境——我簽下的，是一整層闊大公寓裏的一間分租房，房內有一張雙人床、一張書桌和一座衣櫃，全採蛋殼白色調。客廳有一張L形長沙發、一張白色几桌，廚房安放著一座三門冰箱，以及一間附有浴缸的廁所。我將貓砂、飲水與食物都安置完好。新居有貓，諸事必順。

新家地處山坡上的小社區，路走熟了便習慣，從緩坡步行下來，便遇到明亮的大藥局與便利超商，再走上十來分鐘高高低低、積水暗藏的騎樓，就抵達捷運站，說方便也不算太不方便，我將徒步當作修練，每日察看計步App，至少每日步行五千，時而小腿突兀地抽起筋，逐漸也見慣了。

搬家的當天，好巧不巧逢上颱風侵擾。飄搖陣雨中，我的行囊一件件登上了搬家貨車，風雨忽厲忽微，我隨著車身東搖西晃，為了避免從座椅上摔下，只好單手用力撐住車頂。抵達目的地，我先上樓開門，緊盯著兩名年輕力壯的工人，是否將樣樣物事皆安放在我預設好的位置。一切完畢後，我拿出兩罐啤酒給他倆解渴。他們看起來依舊非常精神，有說有笑。

搬家耗費的是好幾個人的肉體力氣，我們所擁有的身外物，明明知曉總有一天得全部捨棄，但此時此地，卻總無法決絕地斷捨離。搬家後的第三天，我撥了電話給B。我說：我們得分手。他只是嘆氣，不停地嘆氣，就像全世界的傷心人那般地悲悲地沉默地嘆氣。

我想，自己又做了一次反派。身為一個壞人，我能擁有嶄新的好生活嗎？我是不是做了將反悔千古的錯誤決定？倘若我全盤皆錯，又能有甚麼對的事情會發生在我身上呢？

夜裏，看見貓張著呵欠的小嘴，嚼了一些乾糧，便跳到棉被上安然蹲臥，我想，無論我個人或對錯或成敗，至少我還有貓們，我得為牠們守住一個家，一個很小很小的家，有貓之處，貓便是家。

忘情水

不得不說，這個題目真是老派。

我很晚才瞭解過來，劉德華拔著喉嚨款款道出的忘情水是甚麼滋味。

年少飲酒是輕狂，中年飲酒太放蕩，偏偏我在年菓已熟的時候，開始徹夜流連酒吧。

身居不夜城，愈夜愈清醒，多麼想推託是某種身不由己，若不趁風韻猶存幾分時些微地尋樂子，怎麼對得起年輕時候苦讀欲絕的自己？

酒肆是挑揀不盡的，跨一座橋，從中永和到大安到信義，各區有各區霓光豔好的風情，男女眼波流轉，身著華服，我再怎麼琳瑯裝扮也抗不過那青春無敵。夜晚是密林戰場，情慾蠢動，蓄勢上膛，目光相互電擊，空氣中嘶嘶擦閃，如野獸的掠食心思。

除非身旁有酒伴，否則我還是習慣獨飲。歲數一把，體力無幾，與其將力氣花在與年輕姣好的肉身爭奇鬥豔而必輸之途，我寧可隨意滑開Google，揀一間打烊時間最晚的酒吧，一件單衣一雙涼鞋就能打發上路。當然，初次推門而入，單身女性，短暫地吸引整場眼光，幾秒鐘的沉默尷尬，我也習慣了將蓬髮遮蓋半臉，對著不動聲色微笑招呼的店員妹子舉起手指示意：一個人，吧檯可。

吧檯多處陰影之下，風水稍嫌偏僻，恰恰正合我意。酒保的臉通常是看不清的，或是微笑詢問酒慼偏好，或是冷冷撇頭等你開口點酒，兩種類型我都不介意。此間任誰皆過客，萍水相逢，萍與水親也罷不親也罷，我不過是一介無名的失眠之人，偶爾夢遊般路經，便魚般溜進他人的醉夢生死裏。

身在酒吧，總是能見到各般模樣的人。

尋常人黃湯下肚，說話便變得顛顛倒倒，且音量特大，連他們也搞不清楚自己究竟在吆喝甚麼，只管將啤酒一杯一杯地傾入腹內，最終他們的聲音會消弭在音響傳送的重低音裏，一隻接一隻如離水的魚逕自醉倒在沙發上——這是最常見到的種類，鼓點響雨聲小，貪圖一場熱鬧，直躺到酒吧打烊之際才起身歪著步伐，臨路招一臺夜班計程車回家。

還有另一類人，醉翁之意不在酒，嘴裏淺酌幾口應付過去，為的是保持清醒，雙眼睜大放覷店內女子，瞄準看上去最好搭話的獵物，便如箭上弦快快趨近，話題的開頭或結尾總是：可以跟你交換LINE嗎？

再來，是我這種孤僻的飲者，僅求安靜獨酌，一杯Vodka Rum佐一根菸，再大剌剌攤開一本書，便能自動阻絕掉大部分的搭訕。有的人來意明顯，然而見到書本就知難而退。不同頻者不同路，我送出的訊息是別來打擾，喝完酒抽完菸，拿捏好兩個鐘頭後離開，誰也不平白招惹誰。

無法否認，當酒精緩慢滲透體內血液，感覺每一枚細胞逐漸鬆散開來，那是最好的時光。我始終著迷於酒的曖昧性：苦悶時飲酒，入口是傷心的苦水；歡快時飲酒，能勾引出甜美的慾望。各人酒量深淺、酒品好壞，那是他人的事，與我無關。

名喚忘情水，不就是為了解愁脫憂，飲至忘情方罷休？當想忘卻怎麼也忘不了的時候，還是回家將自己拋上床，借著酒意蒙頭睡一覺，誰也說不準隔日醒來也許又變了個好人。

勤逛酒吧的日子不長，主要是大多數酒吧的酒都摻水，酒感極淡，如飲氣泡果汁。我心中理想的酒吧應該要有一座長長的吧檯，酒客不能多，愈清冷愈見真心。

近來常去的酒吧B便是如此，酒價公道，飲者自便，燈光明暗有致，態度不熱不冷，若不想攀談聊天，則可靜靜慢慢地喝酒抽菸，老闆是一中年男子，人稱S哥，S哥外表看似冷漠，實質深諳人情，他總是用闊口杯給我盛酒，工讀的妹子疑惑地問：平常不是用這種杯呀？他簡潔答道：要看人。

接連失眠的那幾晚，我每天凌晨三點準時報到，酒吧B成了我的避難所，收留我這樣像蝙蝠一般的惘惘眾生。如此持續將近一星期，我不得不傳訊給S：我喝到胃痛了。他簡要覆訊：那先別喝了。

我因而成了酒吧B的常客，每週必造訪一次，每回頂多獨飲兩杯 Vodka Rum，最多再添一杯 Shot，S開一瓶大摩十五年禮待，酒味芳醇，仰頭一口飲畢，喉中猶有香氣，不過酒性太烈，我畢竟酒量尚淺，差些直接睏倒在吧檯上，回家後囫圇吞兩片胃藥，隔日一切如常。

日常如常，白晝我依然晚晚才醒，醒來打理貓事，處理家事，直至長日將盡之際，我才真正清醒過來，籌備著夜間寫稿和讀書，待腦汁已然乾涸、肩頸僵硬痠疼，不由自主地想著，該補充幾注忘情水了，故起身整裝，向未寐的貓叮嚀兩句：乖乖的，我很快就回來。

電話

小的時候，我總感覺家裏的那具電話，自個會說起話來。

以前的電話座機，是胖墩墩的一塊綠塑料，光滑的梯形表面，嵌著白瓷牙般的數字符號按鍵。電話線是一小卷疊著一小卷的一串卷髮，扭來搖去的，總在耳朵夾著話筒時纏住頭髮梢，時不時得把線沿捲度理順，才能暢快地倚在沙發上煲電話。

那個時代，沒有手機，沒有網路，我們口袋裏總揣著一小方塊的電話簿和一支原子筆，簿子以磁鐵前後相吸合，一拉開是一整把長長扁扁的紙扇子，扇面上密密麻麻地寫滿了人名生日星座地址電話號碼。同學間總有一種競賽的意味：誰蒐集到的電話號碼愈多、簿子填得愈密，則代表該電話簿主人的人緣愈好、人面愈廣——事實上，這僅僅是一種個資流傳不發達年代的心理安慰而已，但無分大人與孩童之間皆特別流行，路邊常見公共電話亭裏，穿扮前衛的年輕男女，或者指扣粗金戒子的歐吉桑，一手擒著磁鐵電話小本子，話筒擱在肩膀上，另一手邊投入錢幣、邊匆匆撳下號碼按鍵的場景。接通了，便趕在硬幣消耗完之前，急儥儥地確保通話的最高資訊含量：「喂看電影嗎？幾點鐘？哪裏見？行！」或者歐吉桑們口噴沫灑地、單口相聲段子般地連喊：「老俞（也許老梁？老陳？）啊你在哪裏啊好久不見啊晚上喫館子啊酸菜白肉火鍋啊就那家啊好啊好好好——」

至於家裏客廳的電話，除了奶奶太太們愛用「煲湯法」講電話，如細細煨燉一鍋醃篤鮮豔白大骨湯似的，和姊妹淘瑣瑣唉唉地聊誰家兒女聊鄰舍近況聊身體健康日趨西下，那白先勇筆下尹公館風情若是的足尖刁著繡花拖鞋、一講便是半個下午直抵黃昏的生活日常，小孩子們也特別喜歡說電話，撥給哪個要好的同學家，甜甜地禮貌地請對方母親轉交話筒給孩子手裏，一握話筒也是一兩個鐘頭起跳，不間斷地交換幼稚不成形狀的八卦祕密——哪個老師的壞話啊哪一班的作派氣人哪個男生又和哪個女生看對眼，途中總是不斷跳出「我跟你說你不可以跟別人說」諸如此類不具效力的保固分鏡，總之隔日那不可與人相道的談話內容必定流傳蔓延到某人某耳裏，然後隔一小段時間就變成隔夜飯菜般食之無味的課餘話題。

那是一個人們極重視守信赴約的年代，因為聯繫訊息無法隨手取得，一旦電話兩端接上了線，約定好聚面時地，幾乎沒有多少人願意遲到，反倒是經常提早半個鐘頭就在約定地點守候者，亦時而有之。許多失散重聚的故事在各處的電話機體內上演著悲歡交織的小劇場，彷彿講完一通電話（話筒那端或是年少離鄉的親人、或是多年未見的舊識，甚或是二十年前的初戀情人），就算是向某個不知名的重要之人，填塞般地交付了大半輩子的真心。

手機興起之後，一波波新型的家用電話亦隨之頻頻面市，功能一應俱全超乎想像，甚可堪比 iPod 的觸控面板與各種數位化設定，讓老式家用電話迅速被淘汰，從客廳消失，從街道上消失，從焚燒場裏消失（也不知道是否被歸類為可燃性垃圾）。而過了好一陣子，如今老物蒐藏風潮盛行，現在，這類少數被留存的座機式電話，早已被擺供在古貨店精緻的展示窗裏，周圍飾以乾燥花小琉璃，十足文藝青年派頭，明明也無法再接線使用，就那一股懷舊氣味教人心神一蕩，想起來——啊，這就是小時候我們家裏的那款電話啊。

心思旋漾，浮冒兩圈漣漪，數十載光陰死去。當年偷偷把著電話胡說八講的孩子們，都已經成為前中年的大人了。每當逛古物商場時，在某個轉角或櫥窗，無預警地撞見一座糖綠色塑料老電話，我總想默默地和它說上兩句話：「你命不錯喲，還有人把你當寶看，要好好努力噢！」

它儘管咧著一張鑲著白瓷牙的嘴臉，對我說：你也要努力噢！

房間

擁有一個屬於自己的房間，一直是好多年以來的執念。

約莫孩童時，我便特別喜歡用玩具布置一間房，或一棟屋。很小時我有一桶簡單的彩色積木方塊，方塊的突齒對準另一方塊的凹窪，一塊接一塊地層疊嵌合，搭建出基礎的四面外牆，記得留一道縫隙做門，再嵌進一張長方形做床、一塊短方形做桌，如此一來，便完成了一個最基本的房室結構。再將積木桶中的塑料小人空降入室，於焉小室有主，不可擅入。

隔夜的積木拆了又蓋，蓋了又拆。這樣的遊戲，大概是我對於空間的最初嚮往：一個完全隸屬於自己的房間，一間得以蔽體隱身的小屋，一個只有我得以自由主宰的家。我也不明白自己對於房間的渴望，為甚麼在那麼年幼時即開始萌芽，就連在幼稚園的課堂上，我也在白紙上畫著漂亮的梯形屋頂的田園式房屋，屋牆上鑲著許多扇亮窗，每一面窗光背後，都收納著一個神祕完整且獨善其身的房間。

永和的老家裏，由於母親任教職的緣故，加上我從小特別愛看故事書，書本從母親的臥房溢出，蔓延到飯廳、客廳與其他房間，其中，亦包括了「我的」房間（至少僅有我是如此認定的）——永和的家裏僅有三房兩廳的空間，隨著弟弟出生、返家，那房間已無法確實地被稱為「我的」房間，頂多就是一個睡覺的所在，房間裏一座龐大礙眼的上下鋪床架，上鋪堆滿了尿布小被衣物等給弟弟專用的雜物，已經上小學的我縮身臥睡在下鋪，故事書被扔棄了大半，取而代之的是我所不認識的古典詩詞、《古文觀止》等厚重無味的書，一疊疊書本都有眼睛，冷肅地覷著我這大字不識多少的小鬼。

這一家人，基於善用空間的必要，於是在用度有限的永和小公寓內不斷移動，像一支規模迷你的遊牧民族，家當堆了又拆，移動到某一層櫃裏，積灰引塵後的某日又被想起、重新出土，再換置某個所在。因為這樣的緣故，房間的門被勒令長年不准上鎖，因為某人可能會在某個時間點想起某件物事，便大剌剌地闖門而入，取物巡物後又順手塞進某些物什，除了父親有其專屬的領地，非不得已我們都是不輕易敲門的，而其他人在房間裏坐立戒備，因為隨時會有人擅入翻找些「甚麼」。

那些「甚麼」，成為了侵蝕彼此生存區隔的通道，一扇扇形同虛設的門界，明指著崩壞的隱私，常庸的不堪，迎面撞見沉默錯身而過的擁擠。

一旦房間失去了戍守邊界的權力，人與人之間便匱乏了分際的意識。這線分際一旦消弭，住在公寓裏的人類，即與穴居僅求遮蔽的獸類無異。

而我是多麼渴望著，擁有一個緊鎖無虞、有著書桌與抽屜、高大的書架、紙張和筆，足以收納我所有的起居心思的房間啊。

後來，我在每一個房間與房間之間流浪了好長一段時間，一流連便是十多年。我愈來愈認清一件事：總有某些不安於室者、心懷惡意者、表裏不一者，想方設法地要侵占我的房間，即使是我也付了大半租金的屋子，對方依然嚴禁我將門上鎖，依然要我無償上繳我流汗流淚掙得的一切，要我悔罪，要我受懲——那隨時被赤條條剝奪殆盡的恐怖不僅僅是複製了我原生家庭的恐怖，而更甚過之地預言著無望的未來與失去庇護的生命。因此，一開始我聽命，久了之後我開始反抗，掙扎，逃亡，逃難也似地亡命流離到另一個房間，進駐另一扇房門，反覆地上演依存與被依存的黏膩和混亂。

但我不過是想要一個房間，房內有我寵溺的貓貓，有筆記本、衣櫥、抽屜、書本和桌，有一座小畫架和一盒畫具，一臺收納我所有文字的筆電。以及，一扇隨時可以上鎖的門，讓我在房間裏飲水抽菸、撫貓晾衣，再沒有誰握有擅自闖踏的權力。

我和房間長久而安靜地親密度日，僅僅我和房間而已。

臉盲

一直以來，我始終學不會辨認他人的臉。

從年幼時開始，我經常被帶去某個叔公或某個姑母家，大人們要我開口向長輩問安，我總是執拗地抓著椅背或桌緣，緊閉著嘴不肯出聲。

因為我不認識他們——我不認識他們的臉。要我對一張完全陌生的臉孔撒嬌討乖，我感覺彷彿面臨某種危險。

我因此被認定是個彆扭而陰鬱的小孩。

讀幼稚園時，我最先認得的是老師的臉，她的臉上總是溢著笑，看見那笑容，我心裏有股說不出的踏實，因此我常常賴在老師身邊，細細碎碎地叨著無要緊的小事。我害怕回到座位，害怕對面坐著的女生，她動不動便用她的小指甲掐我的手背，我怕得甚至不敢將手縮回。而老師也察覺了我的膽怯，每當我開始哭，她便會將我摟在身旁，那豐滿的體溫讓我感到安全。她甚至替我懲罰了那女生——那女生家境優渥，外貌猶如公主，過度的寵溺使她心底生出弱肉強食的小邪惡。老師當著全班的面責罰她時，她委屈地墮下眼淚。

至於其他同學的臉，我則得反覆記上好久好久，而且是依憑與五官無關的特質去辨認：那個總是用亮晶晶的髮圈綁公主頭的女生是誰誰，那個總是隨身揹著黃色塑膠水壺的男生又是誰誰誰——直到過了好幾個月，我才能逐一指認出誰是誰，誰又不是誰。

往往地，早課前大家排隊領牛奶時，我根本不識得擠開我、搶走果汁牛奶的那小鬼，只猷猷望著自己懦弱的雙手，直到各人早已各自領走喜愛的口味，我才揀回箱底的最後孤零零的一盒。

下課時也一樣，我始終是排不到鞦韆、隊伍最尾端的那一條孤魚。猷看著那些髮辮飄晃的女孩們擺盪騰高，我不知道該如何說出口——我也好想玩，下一個可不可以輪到我？

我想，稚齡的自己之所以如此軟弱而自卑，或許多少與我對陌生臉孔的不安感有關。有時候，我會夢見：所有人的臉全都聚合、融化成一塊巨大的糖，黏膩而恐怖地聳立在我面前——我想放聲尖叫、想拔腿逃跑，身體卻如石頭般釘在原地、動彈不得。

每一回做了這類的夢，我就特別畏懼去上學。但我從不哭鬧，頂多是喝了早餐的牛奶後感到劇烈地反胃，一低頭，便將乳白的液體嘔在地上。

最開心的時候是放學，在一群群來接孩子的大人裏，我總伸長頸子尋找公公的臉。相較於其他正值壯年的父母親，公公的一頭銀髮與瘦長的顴骨特別顯目，我快樂地奔向他，讓他皺紋滿布的大手，牽著我走路回家。

身為臉盲的體質，一直到了長大成人後，境況依然沒有太大轉變。工作上見過的編輯，各種場合裏遇見的作家，演講時來訪的讀者……縱使對方早已遞過名片，或主動親暱地喚我的名字，或對我說「你每一場發表會我都有來噢」，我總是心頭一陣慌張，努力掩蓋自己其實認不出對方的事實，熱切報以笑容與擁抱，且特意親切問候：「好久不見，最近好嗎？」實際上，腦子裏正像快轉電影般拚命尋找彼此之間的連結，幸運時總能找到片段畫面：「你前一陣子是不是……？後來怎麼樣了？」便成為我順利脫罪的證詞。

除了臉，我也經常遺失他人的名字。

前陣子，在家中翻出大學時的筆記本，上面寫滿了初識現代詩時的習作，夾雜著幾篇手記。隨意翻閱，一行句子撞進眼睛：「我記得黃，黃在我失戀的時候現身，頻繁且真誠地對待我……」

黃是誰？我是怎麼認識他的？我搜尋腦海，完完全全地一片空白。黃在我的青春時期必定占據過重要的位置，事過二十餘年，我已然半點頭緒也無從捉握。

事實上，回想大學四年，班上同學的名字我叫不出幾個，即使去年才去過同學會（我還因為記錯時間而遲到整整一個鐘頭，更穿了一件荒謬的羅莉塔洋裝赴約），我僅清楚記得老師們的名字，當初同窗的女孩男孩，頂多不過記得某些綽號或暱稱——也許是由於當年我總是獨來獨往？或者乾脆我就是記性極差、心思也粗，像個記不住懷中女子芳名的負心漢？

這成為深深困擾我的煩惱，往往禁不住地想自己是不是提早退化了啊？當某人熱情地叫住我的名，我卻經常因為想不起對方名字故僅能迂迴地問候（而忘名常是搭配臉盲症狀一齊發作的），事後，往往感覺自己非常無禮，心懷愧意地回家抱貓。

寬慰地想：也許很久很久以後的某日，我們終究會遺失彼此的名字與面容，最終，連自己也從記憶裏脫落，墜地而碎成殘片。到了那樣的時候，我們的記憶被握取在身旁人的手中，像一撮細微的火光，在必將到來的時刻，最後一次溫暖我們的心房。

第三章　時物溢流

腳

等垃圾車的時候，一旁的女孩兀自地玩起髮圈，哼著不成調的歌。十根腳趾從拖鞋的前端坦率地探向地面，我窺視著女孩的腳趾，那十趾稚嫩地攤直，是從未穿過高跟鞋、沒有拇趾外翻與趾節彎曲的那種直順的線條。十片趾甲素著甲面，透露著整齊的微微的粉紅色。

那是一雙還沒有走過崎路，還沒有跌倒過，還沒有因為趿著細跟涼鞋追逐離去的戀人的背影、扭了腳踝心碎地跌坐在街上大哭的腳。我繼續窺視女孩那平坦如男童的胸部、缺乏線條的腰腿、玩弄髮圈的手指絲毫沒有皺紋與破綻，是一雙剛剛雕塑好的新生的雙手，趨近於某種概念，好似不是真實存在的肉體的一部分。

那是還沒有被捏塑成形的、陶土一樣的肉體。日後，她將會被愛情的烈火燎燒，被現實抹上各種釉色，且深深地灼進她的一骨一肉裏——

但那還沒有到來。我們不必憂心。時間還漫長。垃圾車的鈴聲尚未響起之前，甚麼都可以被稱作永恆。

我們各據騎樓的兩端，隔著一小段距離，堅忍地保持沉默。我想著自己縮在高跟皮靴裏的雙腳，那麼粗礪，那麼扭曲，因為得反覆地走上一段又一段或泥濘或尖礫的路，而磨壞了一雙又一雙傷心的鞋。

你想起你途經的劫難，你想起你逃離的苦難，你原本也是有一雙乾乾淨淨嫩如透水的裸足，你曾細心地為它們塗抹各種光色的蔻丹。日後戀人無心地抱怨起「你的腳怎麼變得那麼醜」，你瞬間就想劈啪兩巴掌過去——他不知道你踩壞多少雙鞋靴、涉足過多少座險河，沒有人知道你多麼努力花了多麼大的力氣，才勉強抵達了今天——今天，你躺在床上，身陷無明，順服地就著清水吞下藥錠，倏然神智清醒起來。你在凌晨出門買了兩罐啤酒，將它們放入冰箱，然後開始寫字，那麼多字，你剛爬過整棟公寓樓梯的小腿和腳掌痠疼著彷彿要抽筋，你今天已經去了好多地方，計步器顯示你整日奔波勞車下來快要一萬步，你想要對自己好一點，所以開了電暖器往兩條腿踝呼暖，像呼嚕的貓把暖暖軟軟的毛團蹭上你冰涼的肌膚。

你檢視自己的雙腳：輕微的拇趾外翻，賸下的四根腳趾不同程度地變形，那是身為女人的證據，是長年把自己耗在細跟尖楦的虛浮容器裏所必要的代價。

你用眼角端詳著女孩的腳趾形狀，一邊漫無目的地任心思飄盪，垃圾車此刻轉進巷口，男女老少一擁而上隨即一哄而散，女孩被瞬間堆成小山的垃圾袋陣仗淹沒。

你身在其中，像平常那樣輕輕將垃圾袋推上車體，以避免碰撞到清潔員。你盯著自己的腳，百無聊賴地撥弄著鑰匙，打開公寓的門鎖，提醒自己用大腿與腹部的力量走階梯，但你的腳——每根腳趾，腳踝，足弓，無不一一疼痛起來。這就是日常帶給人們的試驗吧。而你隨時準備著再次徒步渡越急流。

晏起

不知道甚麼時候開始，我已經變成了一頭蝙蝠。

古有言之，晝寢是罪，而我日日蹈罪，每每睜開眼睛，瞥見手機的鬧鐘，不知何時已被我反覆按熄無數次。經常在尷尬的時刻醒來，天還亮著，百工勞動，商店尚未拉下鐵帷，而眼看再過一下子，黃昏就要來了。我僅僅來得及打包昨日的垃圾、舀食添滿貓碗，然後匆匆下樓，與夏日傍晚肆虐的蚊蠅一起等赴垃圾車。

我一向多夢且難眠，若非整晚不寐捱到清晨，便是即使刻意提早服藥睡了，凌晨依舊被腹痛或口乾拉拔起身，顛顛倒倒地離開床褥，黑暗與空調滿溢的臥室之外，是整窗淋漓炙手的朝陽的雪光，那光淨得魅人，彷彿可以掬握在手掌裏的那種熱與厚。我看著一日之始，召喚各種沓雜的現實，遂憂懼地退回房內，再吞一顆藥，裹緊被單，像蝙蝠將雙翼牢牢包覆住身體。

畏懼陽光淋身的時刻，那意味著太多我心神脆弱的鬱症時日裏，無法承受與扛負的事物：訊息、信件、家務、雜事——我養成了惡劣的習慣，習慣把自己整顆頭埋進被褥，彷彿從此可以看不見也不聽聞，那些瑣碎的需求、突兀的擾亂、地板上的塵埃與貓毛、水槽裏待洗的碗盤、洗衣機裏還沒晾曬的濕衣服……

陷入失能時，我連好好給貓攪拌一碗肉碎都做不到。醒來時貓早已餓了，圍著我的腳踝連聲喵喵地抗議，我對這些毛茸茸又貪食無度的小東西感覺愧疚，一如我對我寫不出來的稿子、我浪擲掉的整個白晝，我確實心懷沉重地羞愧，羞愧於自己怎麼是這樣一個無用之人，軟弱況且浪費。

日日晏起，夜夜遲睡，遲至天光大放，我咬著肉身的僵硬和疼痛，一日之晨，無所遁形。蝙蝠嘶嘶地哀鳴，彷彿日光將要將它焚成灰燼。我體內的夜獸以鈍重的痛楚說服我、警示我：這不是屬於你的時刻，你的時光已盡，你的力氣留在夢裏。

夢是水草，纏繞我足，蒙蔽我眼，軟化我心。他人正匆忙盥洗趕著搭車打卡的時候，我正陷入夢湖深處的泥濘而無法拔身。大多的夢是極壞的，但也有很好很好的夢，好得教我醒來時按著胸膛，因為那裏就要破碎。總是這樣子的：從一個夢境翻身墜入另一個夢境，夢夢相聯，像無止境的列車，我既在車內，又在車外，風景飛掠過眼球，現實裏觸碰不到的人，在夢中擁抱著相濡以沫。那是迷宮外的迷宮，謎之內的謎，每每教我貪戀，不忍心醒。

醒晚了，也就罷了。從午後到黃昏到夜晚，我一個鐘頭一個鐘頭地捱度。非不得已為了咖啡或菸而極少出門，做完了家事雜務，便獃獃地盯著貓看。貓總是隨遇而眠，在書架下、窗臺邊，甚至我的畫布上，就安安穩穩地打起長長的盹。我伸手撫過那起伏溫暖的貓腹，像某種生存的保證：長夜漫漫，我還有虛度的餘裕。

遲抵的信

我想寫一封信給你。

我們共度了幾乎人生中的所有時光吧，不過，我卻從未好好地坐在桌前，寫些甚麼給你。也許是因為我們知曉彼此太多的祕密，以至於諸多言語皆顯得如石礫般銳重，我們不忍去搬動，揭開那石身底下粗糙的傷痕。

然而，我是知道你的，如同你亦深知我那般。我知道你所有的恐懼、憂慮、傷心與寂寞，一如我知道你所有的快樂，以及從未在你身上到臨過的幸福。你以為你這一生所承受的傷害已經夠多，浪蕩過的路程也已經夠長，但還是有人曾經篤定地告訴你：你所經驗的太少，你不懂愛。

你經驗過甚麼呢？一觸即破的承諾？一意孤行的背叛？明知無救卻拚命忍耐的羞辱？驟變的人心？漫苦的黑夜？這些你都明白不過，你的肉身一一記取了所有的細節，因而你巨大的悲觀其來有自，對於人，人與人之間的無常和聚散，以及一切偽飾為善良的謊言，你已經不抱甚麼希望了。

黎明還很遠，而你的貓正活躍地在公寓裏奔跑——兩房兩廳一廚一衛浴的公寓，與你的戀人共享，這已經是你目前所能擁有的最好的棲身之地。你親手砌造起一面書牆，在牆的周圍植養著小小的植物，植物一盆又一盆地凋萎，因陽光不足，因你忘了澆水，到現在你也搞不清楚這些植物的名字了，你僅能盡力地讓它們活下去，活下去，就像你還在努力活下去。

陽臺上，你鍾愛的兩株沙漠玫瑰，有一株開花了。花到荼蘼。你想起來小時候，那既無智慧型手機亦無 email 發達的時代，你常常寫信，當時，有一個與你年紀相近的遠房親戚，她住在花蓮，花蓮對於生長在永和的你是一個遙不可及的所在，你不知道那裏的陽光生長成甚麼模樣，直到很久很久以後，你才見到了那裏的海，那麼大那麼藍。

而在彼時，你總是等待著她的信，北部與東部，平信往返總需好一段時間。你記得她捎來的信紙上總是有著淡雅的花紋，紙面散發著香氣，襯托著娟秀的字體。迫不及待領到信，你尚未意識到信上的字與讀信的你之間已然有了微妙的時差，你總是覺得她的瑣碎煩惱與心事就在你眼前上演，你也總是興沖沖地立即翻找紙筆，拙劣的字填滿三大張信紙，快快地寫好後央母親幫你寄信。

通信持續了好一段時間，直到某天，這樣的往返於你來說已失去了新鮮感，信便暫停了。直到長大以後，你才想著那些信很可能對方與自己的母親都先拆開過濾過了，確認內容安全無虞才姍姍地找空幫你投遞。但信裏究竟說了些甚麼呢？長大後的你也幾乎全數忘記了，只記得那一段通信的時光，對於童年的你曾經重要無比。

開始工作之後，你像無自主的魂魄，發出並回覆著每一封 email，確認細節、商榷時間、詢問意願。即使在獨力接案度日的生活裏，你依然改不掉每天醒來便打開 email 確認來信的習慣。邀稿與回稿恆常反覆的日子，慣挾以如今人人工作時也慣用的 LINE 與ＦＢ訊息，你總是怕，怕自己錯過了細微的機會，也煩，煩那些不時以零碎無用的資訊打擾你的善意人士。

而你經歷到了甚麼呢？

太多的新書你總是看不完，太多的文字你還沒有寫出來，你追逐著挖索著適宜動用的詞彙，但終有些東西遠非你所能描述。那是故事之外的背景音，日光背後零落的陰影，比傷害更深的傷害。你失敗得還不夠嗎？如今已決心一個人獨自孤老的你，深夜裏撫摸著呼嚕的貓咪，你依然感覺自己深愛著這世界，縱使世界徒然是荒原，荒地上也許亦有玫瑰等候著綻放。

我想告訴你，失敗就僅僅是失敗，不過如此。你那麼努力地在眾人之前維持著光鮮與嫉俗，而一晃眼人們就這麼容易地把你忘記。所以你必須寫，寫很多很久的字，這是唯一你能夠在時光的石碑上刻下名字的途徑。而這條路得走很久很久很久。貓悄悄地挨近你，在此刻寫著字的你腳邊躺下，你要記取這世界上稀少的溫柔，像撫摩一頭貓那般，撫平你凌亂脆弱如貓毛的心。

島民紀

在新的房間裏你鎮日地睡著，在夢與夢的間隙裏昏昏昧昧地醒來，吞了把藥便繼續將自己埋入睡夢的枕絮堆中……雨在牆外流瀝，貓在床邊低鳴，從意識的窗花看出去，現實的風景顯得格外意味不明，無法辨析。

在前一個舊房間裏，你也曾昏天黑地那般長長地睡去，長得好像不需再醒來觸摸世界的邊界。而房間本身的邊界也存在著曖昧，窗外有天光時，房間顯得方正而清朗，像一名颯爽青年展示著空間本身的朝氣；當天光暗去，雨淅瀝落，房間的臉色便險險地沉了下來，四壁開始向內擠縮，床單因潮濕而頻頻起皺；水泥造的房於焉成為肉做的心室，裝載著不能再滿出一分的生活的憂愁。

再上一個房間呢？再上上個房間？在外租屋十餘年，你已經不想去清數一途以來究竟經歷過幾間房幾幢樓一類問題。即使數清了也沒有用：一或兩年過後，你勢必得再次搬遷，抽屜和櫥櫃會一格格地淨空，紙箱將一層層地疊起，地板則一吋吋地被掃過。鑰匙交出，房間的門便永恆地關上——僅僅針對你，意圖即是使你永遠失去與此房之間的聯繫。

日子是一筆數不完的帳款，結清了也就完了。我們欠他人與他人欠我們的，皆比不上你欠房間的來得多來得深。十餘年來，你從一間房流徙至另一間房，像從一座島漂游到另一座島；你試圖緊緊抓住島緣常生的根鬚，攀上地表，抖落一身狼狽與疲憊而深深睡去，再度起身時你便成了島民，擁有對島本身的發言權和探勘權——你挪移家具、擦拭檯面、鋪設隨身攜來的舊地毯、安裝新購置的門簾，最後放出貓、將糧水置入不及半身高的小冰箱——如此輕易地你已成為房間的主人，在千萬座明暗交雜的小島之中儼然自成一方，自行發光。

島是你的居所、你的命運、你的身體。透過睡眠這場於全然的黑暗裏完成的儀式，你慎重地將自己的一部分交託給房間；你守著床榻抱著被褥屈起膝蓋，側身躺臥像初生嬰孩，像一個原始人在一座陌生之島上巍巍地搭建起他的屋棚，為的是在完全的黑暗之中點燃一朵微小火光。

你沉沉入睡之際，房間便無語地接受了你的全部，你袒露在外的一切，你藏捻遮掩的那些。

在夢裏，你住過的房間挨次浮現，自意識的海面探出頭臉，像一座座島尖緩慢地從水平線上依序隆起：第一個房間是最便宜行事的學生雅房，廉價的木板隔出好幾間仄室，你就蝸居於其中一室，日伏夜出，像最膽怯的夜行動物，寄生於鍵盤和文字之間，偶爾露臉也是哀意忡忡地下樓買菸買喫食，復懷揣著甚麼了不得的東西般匆匆回房鎖門，繼續敲字換取極少數的金錢和太滿溢的時間。

第二個房間在你畢業後入駐，是這座城市的另一個時區了，距離捷運站要走上二十分鐘，但房租低廉，你生平首度擁有了不與他人共用的衛浴設備。第三個房間的房租隨著物價水漲船高，但有了你朝思暮想的木質地板和小窗臺，你攜著極輕的行囊就走進了房內，將各色圍巾高高懸貼牆緣作為隔簾，在這間房中，你換了兩份工作，紋上這輩子第一個刺青，有過一段又一段錯誤的關係，最終你選擇了其中一個名字，以名為鑰，開啟了你的第四個房間，然後是第五個，第六個……從雅房到套房到整層公寓，如今不知是第幾個房間你又回到單身的套房，途中的種種像做了一場大夢，夢的表質是絢爛透明泡泡，曾經的哀苦扞格甜蜜光影漂浮於泡泡表面，像一隻隻水母無聲游移，一轉眼便是好幾年流過。

你曾試圖於房間裏養魚，那是第六個房間以後的事。那時你已經歷過不知第幾回的搬遷，搬入十字路口五樓的公寓，十五坪兩房一廚一衛外加一方小陽臺，你在廚房裏煲湯煲飯，在陽臺上種花餵魚，批來木板親手組釘起三個大書架；那恐怕是你人生中第二快樂的日子，至於最快樂的日子，你卻怎麼樣也想不起來；你的人生充滿了第三快樂與第四快樂的時光，片片段段像許多雙手縫過的碎布殘繩，最終拼作一床色色樣樣的百衲被，太多次要的花紋和圖像將被身撐得圓脹，而最重要的、最關鍵的那樣事物卻被層層淹埋於皺褶與顏色之間，再也不被尋獲。

你養的魚在短時間內全死了，像是某種隱喻，關於你夢想的以寫作為生、鍬字植苗。你放棄了豢養魚隻的心願，僅需要把玩漂亮的名字諸如女王燈和玻璃貓；還要再過兩年，你才會認養一隻真正的貓。魚群於你如過客，你卻整整做了一回葬魚的凶器。

住一間房，如居一座島。你是唯一的島民，孤獨且寂寥且巨大。為了填補自身的巨大所投射的空白，你開始累物——衣服、罐頭、牛奶、瓶裝氣泡水、牙膏、肥皂、桌鏡、書本、環保袋、筆記本、調味料、菸盒、袖珍盆栽、毛巾、杯筷、洗衣精……甚而連貓的乾糧和貓砂都要囤積兩包以上才心定。被物質環繞使你感覺安全而富足，更可能接近某種隨心所欲的無章法的自由，那自由是你有史以來未曾品嘗過、親炙過的，因一無所求而全不上心的甜美放縱。

原本身無長物的你，是故突然有了家累：貓；約莫二十箱衣物書冊雜物；兩只拼組式木板書櫃；銀灰色 LENOVO 筆電；一組粉色系冬日床包。床包組是你在菜市場購物時覓來的，花色不得你喜歡，但質料觸感極適合冬天寒流侵襲時，酥酥軟軟地糯在身底捲在耳際，但在仲夏七月底，那暖軟膩膚便添了幾分累贅，但這是你唯一一件不曾與他人共享之物，即使購入時僅費幾張百元鈔，但你始終不忍心將這略嫌太厚的粉藍色床枕輕易淘汰。因為那獨獨屬於你，只與你相寐相親一整季。

於是你的島便不似其原本輕盈乾淨面貌。你闢地鋪毯，日日擦拖灰塵落髮與溢出盆緣的貓砂。貓多善變，唯與具潔癖者事事作對這點永遠不變。初遷進房間的那個星期，你像是耗涸了五或十年的力氣，以往一天內便處處打點整理齊整，你卻花了整整三天，賸下的四天你僅是躺在床上發楞，一躺就是幾個鐘頭，躺到腰瘦背痛不得不起身，你便不經心地餵貓，或小心翼翼地拎著兩袋垃圾下樓，倒垃圾順便補充米水香菸，腳步比貓還輕，因為總害怕吵醒隔室中永恆徘徊於午寐狀態的鄰居大叔，更害怕他一撞面就問你今天不用上班嗎？這麼早下班沒關係嗎？……

你想喊回去這是我的事——是的全世界的事都僅關乎他人事，你不關心別人，亦冀求得到的關注可以是零。但在這棟老朽氣味瀰漫的形狹體高的舊公寓裏，你的年輕成為每一層樓悄聲議論的去處：你的裝扮，你的髮型，你幾時出、幾點歸……皆成為樓民們就著昏暗燈光舉箸添湯時的上好話題，滋味勝過盤中乾萎饔飧。你感受到那些細聲細語，像螞蟻在你頸子上爬，你伸手摸去、想捉住它，它早已輕嗤一聲化作水氣迅速散逸。

於是你冷著臉踏越每一階樓梯，想藉由不容親暱的孤冷形貌杜絕眾人揣測。但在更遠更深你伸手無法搆著之處，有著難以企及的悠悠之口，那些流言蜚語更綿長更細瑣，像一根根透明蜘蛛絲糾纏入髮，無法梳之剔之亦不能整把剪去，只好就此擱著不聽不看不想，彷似那些蒼蠅般鑽著黏著你眼角口緣一滴唾液也要吸食乾淨的話語，並不存在。

你感覺到了——那麼多雙眼睛覷著你，其他島上的島民忽而漂遠又趨近，你想盡辦法把自己埋在黑暗裏，在黑暗中張望注視著更黑暗處，那黑暗於焉進駐你。

睡事

當我醒來時，日光正豔美。那豔色非同於一般尋常的陽光普照，而是如繽彩明澈的天泉，普淋於每一個從太陽下走過的行路人。

我終於又感受到某種溫柔的公義，在日光浴照之中。

好長一陣子，我良久地懼怕著陽光，我將自己蜷縮成灰撲撲的蝙蝠，穿著黑毛衣黑毛裙，一直等待一直等待，直到太陽完全隱沒在黃昏的盡頭，我才有一點點微弱的勇敢，僅僅足以睜開眼睛。

但是今天，我在午後遲了一點點的時候，乾淨地甩脫了睡眠，雙耳裏輕輕吟唱的是法蘭克・辛納屈的〈My Way〉——

也很可能是因為，前一晚我睡得很遲很亂，凌晨六點，我決定鑽進心愛的蠶絲碎花被褥之前，從音響裏流淌而出的最後一首歌，是辛納屈的〈Fly Me to the Moon〉。

我傾了半杯白水，飲下三枚必要之鴆：赭粿紅。金絲黃。霜子白——

——緊接著，幾乎是毫無縫綻地，我如同陷入滑溜溜的奶油般那樣地滑入了睡眠。

接著，我睡醒了，記憶裏卻是無夢的，這對我來說，是非常非常罕見的事。

從很久很久以前開始，我就是一個夜復一夜地做著各式各樣雜亂離奇的夢境的人。幼童時，我好幾度分不清楚現實與夢境的界線。

某次，大約是三歲的時候，父母將我獨自留在寢室睡覺，我做了一個很真實很真實的夢——我夢見自己從床上坐起來，走進客廳，尋找我的母親，而她正和父親在沙發上看著深夜的電視節目——

夢到此結束，我揉著眼睛，趿著拼花圖樣的睡衣，就像夢境裏搬演的那樣，我走進客廳，尋找著母親——因為我太矮小了，一切——沙發，電視，玻璃桌几，納物櫃——看起來都無比地巨大。

此時母親轉頭看見我，她很訝異我一個人半夜踉踉蹌蹌地從臥室走出來（日後我揣測，我在母親的眼裏大抵是這樣的：我還那麼幼小，那麼稚嫩，搓揉著半寐的眼皮像一隻咀著幼草的小兔——）。總之，母親向我問道：你怎麼在這裏？我半夢半醒、口齒不清地應聲：我在睡覺，但我看見你們在這裏，所以我來了。

這件模稜搖擺於睡幻與真實之間的記憶，就像密密綿綿線彩如霓的侗錦織裏的，一條微不足道的細絲線頭。細弱得甚至不能將它單獨抽出，稍一使力、一捻即斷。然而，這卻是我關於睡的最初始的記憶：那麼曖昧，模稜兩可，睡夢與真實之間，毫無離異的界限。

大約是二十七歲那年，我陷入嚴厲的失眠的泥沼。夜闇的流沙堵塞住我的七竅，我無法動彈無法呼吸無法呼救。我不知道這失序的懲處為何突如其來地臨降於我。我只知道當時的自己痛恨極了當時的感情關係，恨極了自己的工作與生活。

我開始頻繁出入於酒吧，用最笨拙同時也是最感性的方法嘗試著勾引他者——一張床換過一張床。一隻枕交替另一隻枕。而我殷殷孜孜企盼著其中的某個人能夠給我救贖：給我承諾吧，即便是謊言，也好過那意圖明確的一夜虛無的繾綣。

睡眠大抵是自從那時離棄了我。夜復一夜，我睜著雙眼看天空一層鍍上一層的幻視：深濃如鳶尾的靛紫，蛇信般膿青的血瘀。在天光轉為魚腹的鱗雪色之前，會有一極短暫的時間教天色豔抹教心神馳盪的胭脂雲光——從此我知道了夜晚不可能是純粹的黑暗。那雲層光隱之域存有極深的心計，教懼睡之人有如經歷時光的色調的魔法洗禮，而輾轉苦痛，而暗自狂喜。

最終我去了精神科掛診。僅僅為了這一夜——或許吧——得以入眠。每一次將藥片捧在掌心，每隔一段時間，藥的色澤與種類不停變幻，如同一齣緊接著一齣的短劇。我不知道自己即將上演甚麼劇情擔當甚麼角色。我僅能倒半杯白水，飲鴆求睡。

十年的時光一晃眼便洗去，我在那與睡眠反覆抗衡的時光之流中，重複地洗滌我的肢體和眼瞳。我期待自己乾淨，潔白且忠誠，但睡的魔王總是拉扯著我，朝向另一個截然不同的方向而去。

每天服藥昏睡之前，我完全無從知曉，醒來之後，我會變成怎麼樣的一個人。我會強壯嗎？會樂觀嗎？會來得及淋浴著日光、並且心底對這還有光影幻在的塵世充滿感激嗎？

我希望我可以，但顯然並非每一回我都能取得勝利。經常且頻繁地，我失敗了，明明服過藥而我睡足了睡熟了，然而睜開了眼睛，我卻再度墮為一個澈底的失敗者：失神喪志，頹靡如灰。

十年光陰如煙消散。我將睡視作為針對我而生的懲戒。要懲罰所有我踏錯的石階，傷害過的無辜之人，輕率而不思後續的話語，為所欲為的任性與放蕩。情緒的銳爪深深抓入肌膚的慾望……

因此，我彷似從來沒有從睡夢中醒來過。我亟欲碰觸的見證的真實，不過是綿長無盡頭的噩睡一場。翻來覆去，且從未逼近過真相。

醫院

從小，我並不是體弱多病的那種孩子。許多的病痛，都延遲到成人之後才頻跳地發作。小時候的我甚至可稱得上體魄強壯，高頭大馬，腸胃健強，因為太少有生病的時候，所以每當好不容易發了一場小病，便喜不自禁地要母親向學校請假，避掉一整天陰慘慘的沉重的課，甚至連去醫院也是開懷的，尤其是弟弟出生後，只有坐在母親摩托車後座、拐街出巷地駛往醫院的時刻，我才感覺到自己是特別的、可以被專注關愛的孩子。

小時候最常發的病是感冒，極其稀少發燒的我，在尚未成人時卻經常地重感冒，病毒一冒起來，那喉痛頭疼鼻塞怎樣也不能裝假。記得每次都去一家陳醫師耳鼻喉科診所，他那裏有一整副迷你刑具般專門對付鼻膿的機器，坐上座椅，忍耐著細長的膠管深入鼻腔、直抵喉頭，咻咻地幾秒鐘便吸出大量濁黃的膿液。而我最盼著的，是陳醫師掌有一種神奇的藥水處方，仰頭往鼻子裏點幾滴捏住一會，惱人的鼻塞便瞬間暢通，對於小孩子來說，那藥水就像是魔法一般（而要到很晚很晚，我才知道那藥水是尋常的黏膜擴張劑）。

除了感冒，常見的孩童小病還有腸胃炎與水痘。兒時乃至青春期，消化功能極強的我，總常怨嘆著自己胃腸太好，嚥下的食物被盡情地榨乾營養，所以總是體態圓胖，但偶爾也有著發腸胃炎的時候，多半是因為喫得太多喫壞了肚子。在大人眼裏，比起感冒，腸胃炎的嚴重性更加重要一些，因此被攜去了較大的醫院，向陌生的醫生報告了反胃與腹瀉的情況後，胃部總要被按壓幾下，看醫生露出不太在意的神情說道：「不太嚴重哪，很快就會好了。」這樣的時刻我總是暗暗地生氣，氣自己的體骨太壯碩，氣醫生不願意把病情講得更嚴重一些，好讓人真正地操一回心。

水痘則是較晚發的，小學時有一波水痘潮，念同一所小學的我和弟弟同時感染了水痘，罕見地雙雙正式住進了病院。弟弟年紀幼小，病況不重，還能夠在病床上玩積木、讀故事書，而我大概已經是小五或小六的年紀，非常稀奇地因水痘而發起燒來，全身刺癢，像一萬隻蟲嘴啃咬著周身，背部尤其痛癢難捱，半點也沒有悠哉享受病假的心思，只覺得度秒如年，巴不得趕快脫離這水痘地獄，但不得不地在醫院獃了近乎整整三天——這約莫是我少數真正感到因病所苦的童年記憶，幸運的是，水痘幾乎沒有在我皮膚上留駐任何疤痕，病過了無跡，也僅不過是一場小小劫難而已。

從童年到青春期，我多麼希望自己是個嬌緲瘦弱的女孩子，好能夠從大人那裏更多地博得一些關憂。事與願違，偏偏得到了成人之後，各種憂鬱失眠的病症才在身上發作，而我僅能自求出路，在各家醫院診所之間奔波殆力，吞嚥一把又一把顏色各異效用神祕的藥錠，等待著魔法再度從我體內升起。跑醫院跑得煩膩，帶了書也讀不下去，我轉而觀察在醫院同樣等候著號碼輪跳的人們：某些人的病是浮在表面的，一望即知是心懷病苦之人，眼神與表情透露著不安的瘋狂和難捺的焦躁，甚或無法控制的肢體的躁動，都昭告著自身病況難治的情狀。另一些人則是安靜地滑著手機，偶爾抬頭瞥一眼報號的LED燈牌，再低頭返回手裏的小螢幕——我總是偷覷著人們的臉，想像著他們的病，為何此時此刻身處醫院？是失眠抑或躁鬱，壓力沉重抑或心神恐慌？

每回搭著長長的車途趕赴醫院，也就像是經歷一回眾生劫相。我們在醫院裏卑微而渺茫地等待著現代醫學奇蹟般的療癒時刻，等待著此後大半人生的健康與幸福。如今，醫院對於我已經不再是某種奇異旅程，而是必要且非如是不可的日常航程，往昔的偶然成為今朝的尋常，我也是那蜷坐於診間塑膠椅上、等候著藥與神蹟的其中一枚暫棲的肉蠅。

洞裏黑暗

最後一次隨母親去醫院看祖母，她依舊靜靜地闔著眼瞼。褐膚豐滿的 Nina 對我們微笑，彎身輕拍她削瘦的臉頰，喊道奶奶該醒啦！醒來好啦！

先前，在祖母還清醒、還能拄著拐杖散步、說話的時候，她已獨自一人踏進了失智症的迷宮。除了母親，幾乎誰都無法真正進駐她記憶的仄室。除夕時，我難得地回了家一趟，祖母看著我，笑著說這誰家漂亮的小女孩呀？母親湊近她半聾的耳，喊道這是你孫女呀——你孫女——

母親說，祖母常常吵著要回家。但祖母牢牢掛念著的家，是爺爺那間眷村小屋被弭平為都更建地後、補助加上借款所換得的一棟五層樓透天新厝。

對祖母而言，這一生裏的總總人事，不過是時光荒地上偶爾蔓生的野芒，唯有這棟厝是她如今唯一能攢在手心的東西。她日日夜夜地念著這棟厝，她把厝貼在胸窩、釀在心底。祖母不明白為甚麼她不能回去左營，不明白自己為甚麼得獃在仄窄陌生的永和小鎮，亦不曉得自己是如何無可轉圜地喪失下去。

約莫是一年前，深夜時祖母喊著肚痛，伴隨劇烈的腹瀉，母親與父親緊急攙著祖母掛病號。檢查之下，發現癌細胞已大肆占據了她的腦顱。

醫院的病室成了祖母最末的居所，白牆藍窗，粉橘被單，像一層層無氣味的繭，裹覆著祖母日漸乾縮的意識與身體。若有人持剪將層層繭衣剪開，其內也許空無一物，徒賸一些回憶的蛛絲稀薄地閃爍微光。

我記得那座小小的村子，村有其名，喚作「自治新村」，即便村子如今已消弭在高樓環伺的荒草野地之間，但在我固執的認定裏，那村才是祖母真正的家。她在那左營的小眷村中獃了將近一輩子的時日。村裏曾經朱門烏瓦，狹長格局的平房一幢緊挨著一幢，家家戶戶是同樣一鑄模子造出來的紅鐵門黑瓦頂，從前門依序是客廳、天井與臥床，廚房緊挨著後院的浴廁間。門旁鐵梯通往房頂，南部炙烈的陽光將布料烘得蓬鬆爽脆，觸手時像半融化的溫熱的雲。

眷村的孩子特別喜歡攀上屋頂，赤腳斜腰地踩在屋瓦上遊戲，吸飽了陽光的瓦片將腳底烤得暖烘暖烘，一床一床緞面的絲綢的厚棉的被褥，在燠熱的微風裏輕輕地搖盪著，像一道道通往某處祕密柔軟夢境的簾門，掀開沒掀開，都是童年的太虛幻境。

祖母病了很久，也睡了很久。癌細胞像一群頑劣的矮精，在肉身內各處角落流轉鑽藏。頻繁的化療讓她愈形衰弱，緊接著就是發燒，頻繁地出入於各間醫院及病房，永和新店耕莘榮總，偶爾好轉些時，下一刻又復燒灼起來。祖母的身體內彷彿成了一座遊戲場，生機與死滅在其內永無止境地跑著迷藏。

父親與母親日夜輪流去醫院探看她的情況，絕大部分的時候，祖母總是昏寐著，母親靠著她耳邊說話，哄誇她今天也好漂亮，就像七十年前那名初到這海島的十八歲美姑娘；Nina為她翻身、按摩、更衣、擦澡；小叔叔頻頻搭著高鐵來回南北之間；而二叔叔則想著那棟透天厝，籌備著家族間的官司告訴。

祖母的病情進展極為緩慢，慢得讓我們以為可能永遠就這樣持續下去；母親節晚上，母親簡短地傳來了LINE：祖母走了。

祖母終於回到了高雄。

在沒有高鐵的時代，左營是天涯一座荒村野嶺。從小學到高中，每逢農曆年節，從綿綿冷雨的冬天的永和驅車上國道，車胎晃晃漾漾地輾壓著柏油路，從國道至市區道路連續八九個鐘頭，途經無數交流道、休息站與泥濘懾人的流動廁所，往南方愈濃愈燠熱的黑暗駛去，彷彿身下之路永無盡頭，直從天光尚亮到夜暮壓頂，在昏昧濃重的南部夜色裏，街道與房屋皆失去了形狀，此時，村的輪廓才隱約浮現於車燈的光照範圍之內。

踏進門，撲鼻而來的是滿室油香，黑黝黝的臘腸如飽滿的肉蛹，串串懸掛在客廳的屋梁上。行過狹長天井，經過書房和臥室，推開碧色舊紗門，一行人疲憊地魚貫進入廚房，圍著一張巨大圓桌挨次入座，那桌身之寬闊可容納十數人並肩端碗而食；桌上擱著祖母從白天起就開始翻炸攪煮的各類菜餚：兩大疊炸排骨肉溢出盤源、白瓷大盤滿載著圓滾滾的肉餡餃子，桌心是一大鍋豬牛大骨熬底的雜菜湯，粉絲白菜獅子頭浮沉於滾燙湯水。

喫飽了各自睏去，隔天醒來，早餐必定是向村口老兵購來的韭菜盒肉包溫豆漿，那是眷村人度日的品味，韭菜的辛辣摻著冬粉筍絲豆腐絲的清甘爽脆。直到現今，我對那些自號為眷村料理者，仍是極為挑剔的。

身為長孫女，我特別得祖母寵疼。為求省錢，父母和大弟仨擠在「四海一家」的旅館小間，唯我擁有和祖母同床而睡的特權。

隨著青春期到來，我的體型急遽地橫長，再不是那個能挨在祖母身邊、膩著她聽她念念兒時瑣事的小孫女。某年回村，我想必睡相極差，擠兌得祖母無法入睡。半睡半醒間，我聽見祖母起身捎電話給住在近旁的二叔叔，她用重聽的耳朵貼著話筒，拉著嗓子抱怨我打鼾太響，又橫占去大部分的床面，擾她整晚不得安睡。

我裝著熟睡的樣子，悄悄側過身子、貼著牆縮到床沿。那一刻我明白到竟連祖母也厭惡這樣肥胖蠢拙的我，這世上大抵也就沒有人會真的喜愛我了。

不過是這樣一件微不足道的瑣事，我與祖母從此便不親了。之後的好幾年間，我用準備升學考試為由當作擋箭牌，找盡各種藉口不再回去村裏。即便拗不過父親的意志而不得不去，也僅獃個半日或一日便搭車回臺北，說要趕緊回家讀書；對於祖母，後來我甚至不敢正眼看她——我不知道她是不是還記得那晚的電話中，她的語氣飽溢著多少的厭棄與嫌惡——我想許多事她並不真的明白，就像她不知道為甚麼爺爺死後，她費盡一輩子獨力拉拔一群子女，而所有人卻都彷彿防備著甚麼似地，遙遙地站定在某處、淡淡地望著，而不願靠近。

但親密不等於愛，愛也不是光憑雙手便能奉上的溫暖與柔情。祖母愈來愈老，愈老愈暴烈愈多疑，和女兒兒子媳婦間經常吵得不可開交，各種難聽話說絕，說絕了也就無話可說。

也許對祖母來說，這一切是非也是傷心，最後，祖母選擇去爺爺的老家河北依親，一住便是十年。直到她所依的長輩也走了，她才不得不回來暌違已久的海島，依傍著多年來恨愛交集纏結的親生子嗣過日子。

這幾年有時也會去高雄，理由無非都是為了工作，乘高鐵短暫地停留數日又匆匆地趕回臺北。從北到南僅需一個半鐘頭，比起以前鎮日悠長的國道車程，整座島嶼彷彿縮水了一大截，左營於是變得格外逼近又疏遠，彷彿伸手便能觸摸到那早已被弭平的眷村。

爺爺的屋，祖母的瓦，如今荒煙蔓草，周遭是林立的高樓，像巨人的族裔睥睨著這一方鐵絲網圍圈起來的虛無的歷史，我虛無而短促的童年時光。

祖母出殯當日是陰天，少了熱辣紋身的南部陽光，恍惚間有些不清楚自己身在何城。少少的幾名親戚挨次套上麻孝，我與他們之間已數十年不曾見面說話，父親和母親一身疲憊地坐在前排，依次是二姑媽與她的兩個女兒、我的表妹。二姑媽身後是二嬸嬸，她的丈夫——我二叔叔——領著兒子媳婦與一對雙胞胎女兒，遠遠地坐在塑膠椅凳上，白色口罩遮住大半張臉，看不清甚麼表情。祖母還未走的時候，二叔叔比誰都想著祖母的那棟透天厝，母親向我透露過一些，關於繁複的家族官司與繁瑣的法律流程，若不是祖母突然走了，這棟厝將成為一句永恆咒，在所有人的日子裏盤轉發念不知多久。

司儀熟極而流且極其客氣地給予各人指令：三跪九叩，上香呈菜。身為長子的父親走在隊伍最前頭，他的肩膀斜斜地歪垂著，像是撐不住更多一段腳步；身為長孫的大弟捧著祖母的相片，走在父親身後，小弟在旁撐著黑傘，遮住少許仍舊毒燠的日光；那傘是這麼黑這麼寬，像一頭沉默的烏鴉，盤旋在這一行人或繁複或獃滯的思緒上空。

上車行至位於山腰的墓地，我看見爺爺的名字鐫在黝黑的石碑上，旁邊空著的土穴就是祖母將下葬的所在了。此時眾人面臨了一項棘手的難題——因為地勢關係加上地下水滲入，祖母的墓穴裏滿漾著土黃色的汙水。葬儀社的人緊急打電話給某師傅，說二十分鐘就能抽乾填土。

困境解除。

這時，二叔叔第一次開口發聲了，隔著口罩，他嗔怒著沒有人願意好好負責「管理監督」，才造成現在的局面。他掏出車鑰匙，轉身便走，一邊回頭喊著女兒一塊閃人，父女仨罵罵咧咧地走掉了，餘下的人無人搭話，僅僅靜默地等在原地，候著正從高速公路上驅車趕來的某師傅。睡眠不足混合著飢餓與疲倦，巨大的百無聊賴沉沉地壓在各人痠疼的腿肩上，也顧不得甚麼習俗或顧忌，隨意散坐在鄰近的矮垣上，那都是別人家的墓地，我們蹲坐在陌生的他人的死之上，承擔著生者獨當的沉鈍與黏膩。

大約四十分鐘後積水便抽乾了，幾個男人跳下穴室，將防堵滲水用的土砂石礫四下填撒。接著，六個西裝筆挺、足蹬皮鞋的大男人拉著數根粗麻繩，將棺身移至繩心，半吋一吋地挪著位置。我想像著祖母在棺木裏被搖晃的樣子，她已經沒有感覺了，但她一定很乏膩吧——也許也暈眩著吧——頭七的時候我在臺北忙工作，沒有見到祖母最後化著濃豔妝容的臉。但我想著她的眼睛，祖母的眼睛很美，豐滿修長的睫毛和柔軟小巧的臥蠶——她的眼睛此刻應該是闔上的吧，她應該任死神擺布地陷入深長而永恆的睡眠裏，從此身無病痛，心無災厄。

棺終於入了土，入土則為安，我們終於將祖母送進了土裏、送進了石裏，大家都鬆了一口氣，像沉在水底很久很久、終於浮出水面的一段深長的呼吸。二嬸挨近身側，對我說：你和祖母長得一模一樣，整個家裏只有你像祖母。我點點頭，腦海無來由地浮現小時候常去的眷村裏唯一的小公園，公園一角蹲踞著一座古老的防空洞，洞身由黑灰色的巨大石塊砌成，往內探視時只見到純粹的黑暗，沒有小孩子足夠大膽敢進入洞內，頂多攀著洞口探頭探腦地往裏探望，很快地又將腦袋縮回來。我曾將手貼在那粗糙的石頭表面，石頭觸手冰涼，隔著石表，那底下濃重的黑暗彷彿像一則會呼吸的隱喻，遲早我們都得要進入洞內，被黑暗吸收、消化、分解。眼下，祖母已進入了洞裏，洞裏的風景是她最後獨享的祕密。無光且無罣。

弟

前陣子看到一支影片，影片中年輕的父親抱著粉嫩嫩的嬰兒，一旁挨著一個氣嘟嘟的小女孩。女孩頤指氣使地問那父親：「我跟你兒子，你要選哪個？」

父親笑著說：「選不了，很難選。」

小女孩理直氣壯地替她老爸分析：「你們倆才認識兩個月，咱倆認識兩年多了，兩個月和兩年多，很難選嗎？」

相當撒潑的童言童語，卻是這樣地有理有據。

弟弟出生的時候，我也曾這樣耍賴過的。

那時我才四歲多，是要上小學的年紀了，看著母親隆起的肚腹，我一點也不明白那意味著甚麼。

你要當姊姊了。母親說。

中間有一大段記憶是模糊的，母親懷胎十月，而我逕自地做原本的獨生女，芭比娃娃的長髮一隻一隻地剪來玩，彩色積木的小屋拆了又砌，一個人坐在家裏客廳的木頭地板上，安靜且滿足地獨享我的玩具們。

不久後，弟弟出生了。

腦海裏僅存殘餘的畫面片段：病床上蒼白但快樂的母親，玻璃室裏整排一模一樣漲紅著臉啼哭的嬰兒，醫院裏巨大而漫長的走廊。而我小小的腦袋裏只轉著一個念頭：

我想回家。

當母親抱著弟弟返家之後，我開始對這陌生的嬰兒嫉妒起來。

我不再獨享母親的寵愛，新生的弟弟需要大量的照料，母親的注意力頓時如傾斜的天秤。母親的體力漸次恢復，她親手包辦了照顧弟弟所需的一切，我不能再與母親同睡，因為父親怕睡相不好的我翻身壓到弟弟。

因此，快五歲的我進入某種退化模式，我會在母親面前扮演嬰孩，在地上滾來滾去，假裝自己孱弱而無力。走上公寓階梯時，我刻意雙手雙腳並爬，對母親呼告：你看你看，我是小貝比，我不會走路。

這些小招數完全不被母親放在心上，有時她現出疲容，淡淡地對我說：你不是小貝比，你已經長大了，你是姊姊。

長大這件事因此讓我很傷心。

撒賴不成，我因而使起更激烈的抗議方式。當假日時，父親返家，與母親、弟弟三人躺在寬闊的雙人床上，弟弟在他倆之間手舞足蹈，我在我的房間裏，清晰地聽到父母親快樂的笑聲，心底傾斜著嫉妒與孤獨。我衝向他們的房門，跺著腳板控訴：你們偏心！你們只喜歡弟弟，不喜歡我！

母親一反平素的冷靜，她走進我的房間，將我的故事書一疊一疊地朝客廳撒，我驚嚇地看著母親的動作，接著母親冷冷地瞪著我：我們不疼你？不疼還給你買這麼多書？你再說一次我們偏心試試看！

我嚇得連哭也不敢，一個人蹲著收拾地板上散落的書本，默默地放回書櫃裏。

我其實不過是想撒嬌的。

母親發怒之後，我便終止了所有幼稚的抗爭。也許是出自某股絕望，我不得不認帳：自己確實有了一個新弟弟。弟弟長得很快，牙牙學語的樣子確實挺可愛。很快地，弟弟也長大了，從搖搖學步的嬰兒快速長成健康穩定的小男孩。父親替弟弟買了一整桶嶄新的彩色樂高積木，要我帶著他一起組飛機、蓋怪手。直到那時，我才察覺到，自己得認命做好一個姊姊。

但我從未做得夠好過。

父母親讓弟弟和我讀同一間私立小學，離家步行五分鐘。弟弟總是在各種演講比賽、朗讀比賽中勝出。弟弟從小就長得很體面，身材高瘦，濃眉大眼，一站上講臺，老師們總不禁對他微笑點頭。某次，一位我並不熟悉的老師在教室前攔住我，對我說：你弟弟那麼傑出，你也不能輸啊。

當時我還不知道怎麼解釋：其實我從來不想贏。

小學時，我已習慣了獨自沉浸在文字的世界裏，教室最後方的書櫃，我翻了一遍又一遍，晚餐後，我經常去逛永和路上的金石堂，就地坐下來看書，吹免費的冷氣，也看看喜歡的文具。小學時插畫家凱西在同儕之間蔚為流行，我央求著母親往書店去，母親答應了，而我終於擁有了一只凱西的布製筆袋。

那只凱西筆袋我用了好幾年，直到布料上的圖案被磨得模糊不清、拉鍊被磨損得咬合不緊後才丟掉。

無法順暢咬合的拉鍊，就像我和弟弟。我知曉自己始終不是一個稱職的姊姊，對於弟弟，我一直隱隱懷著不平，尤其是每當被父親懲罰的時候，我總是明擺著怒意，針鋒相向，而弟弟在房裏一聲不吭，全然忽略從客廳發出的尖叫與惡吼，刻意或無意地順著父親，諸事聽命，彷彿如此便太平清靜。

我忘記了，忘記自己才是姊姊，而姊姊才是應該保護弟弟的那個人。

大學畢業後，弟弟選擇遠赴上海一帶工作，在那裏娶了一名嬌小白皙的東莞女子，生了一個眉清目秀的小女娃。

我始終沒問過弟弟，他的選擇是務實的考量，抑或是長年壓抑著籌備的逃亡。但他有了一個家，一個屬於他的家，他的妻子，他的女兒。我為此暗自慶幸——至少，至少有弟弟，如實滿意了父母的願望。

長男有女，萬事皆寧。

即使我們的姊弟關係始終是那麼疏淡，但當疫情襲入中國，看見上海封城無糧、公安粗暴地壓制抗議人群的新聞時，我第一反應便想起弟弟。但我沒有辦法也沒有膽量，用 WeChat 傳訊息給弟弟詢問情況。

過了一陣子，我藉由母親探問弟弟一家人的處境，母親答說：還好，沒事。

再過了一陣子，上海傳來解封的消息。

我就是這樣的姊姊，既彆扭，又軟弱。我不知道弟弟是怎麼想我的，我只知道母親曾親口囑咐弟弟：等我跟你爸都走了，你要照顧你姊姊。

角色顛倒翻轉，我反倒像一個無理取鬧的妹妹。天曉得我是任性妄為慣了的，弟弟有他的家庭，遠在異鄉，他根本沒有餘裕伸長了手顧及我。我能夠想像他的為難，他的憂慮，他的苦處。但我們從不向彼此訴苦，甚至兩三年間未向彼此遞出幾句話。

結婚育女後的弟弟，於我依然是一道神祕的謎，卻無法捕捉解謎的捷徑。和弟之間，就像因為連線訊號差到了極點，而無法遞去對方手上的短訊。在那則短訊內，我會寫些甚麼呢？往者已矣，太多瑣碎失去提問的必要。我大概會這樣寫罷：「祝好，祝你一生平安。」

動物園

每次去動物園，常時都是烈烈的大晴天。

小學時的校外教學，除了鄰近的河堤公園，動物園亦是排行頭幾名的首選名單。門票便宜、地處臺北，輕裝簡從，一輛巴士裝滿一整班吵吵鬧鬧的小鬼頭，車上熱烈地彼此互拋餅乾糖果，不到一個鐘頭便抵達目的地，大夥魚貫落地，眼前即是動物園的大門。

自我有記憶起，圓山動物園已經早早搬遷至木柵，小時候，除了學校出遊，沒有與家人同行的記憶。木柵動物園先是基本款的各種山林野物：懶洋洋四處顧盼的獅子，不斷焦躁踱步的老虎，蹲踞高處睥睨人群的猩猩，嚼著葉子的老山羊。

以及，我最愛最愛的龐然大獸——長鼻闊耳、性情溫和的大象。

夏天是動物園的旺季，烈日當空，我和幾個女孩子直往夜行館避暑，館內空調出奇地強大，光照幾近於無，一座一座玻璃方塊發出幽幽的光線，或陰綠或微藍，白晝的燥熱瞬間遁入了寒涼的夜色，如同時間的魔法。貓頭鷹、白鼻心、鼬獾、黃鼠狼、小懶猴、粗尾侏儒狐猴、阿氏夜猴……以及各模各樣、習於夜間潛行的小型爬蟲類與蛾蝶。每座玻璃方塊都是一個迷離的夢境，夢裏的深夜叢林深處，小獸們暗自散發著微光，長久靜置如水晶。

民國一〇一年，夜行館拆除，黑白分明、一臉萌樣的企鵝進駐，吸引大量人潮。

企鵝是寒帶動物，企鵝館內空調更加清涼，可以看見企鵝從冰砌的矮崖靈巧地低身躍入水中，如豐滿的金魚滑溜地游泳。更後來，自四川遠道而來的貓熊也加入了珍奇動物的群組，再度引燃話題熱點，新聞節目日復一日地報導貓熊的一舉一動，彷若那是全臺灣最重要的事情，兩頭毛茸茸圓滾滾的貓熊，受國人關注的程度遠遠甚於元首一家。

還生活在木柵的N大的時候，離動物園更加親近，一趟公車，五站必達。有幾次，特意選擇清冷的冬日午後，我和彼時要好的女孩P，先去兄弟飯店買好整整一袋飯糰，再轉車過去捷運動物園站。P與我側身溜入門口的旋轉鐵柵，先尋一座遮蔭的涼亭，拆開飯糰的紙袋，細細地咀嚼、交換著品嘗各式口味的餡料，飽腹一頓之後，便可正式啟動這一趟小型探險。

我倆對於熱門的企鵝館與貓熊館都興趣缺缺，而我必然嚷著第一站非得要去看大象不可。我們走了好一段上坡路，時值深冬，我們將毛織外套裹緊身體，圍巾一圈圈地護住半張臉，迎著刺膚的冷風步行，一路走著便走到了象的面前。那巨大粗獷的線條讓我著迷不已，我最喜歡象用鼻子捲起食料，以優雅弧度送入口裏的模樣，出神地看了一次又一次，繞著柵欄來回地走，以便覷窺那藏身於山洞的神祕巨獸，凝神於馴獸師親密地為象刷洗足趾。而P則是極有耐性地，等我雙眼喫足了癮才相偕離開。

大象從不遺忘。An elephant never forgets. 每當我想起象，想起那忠誠而強壯的背脊、長而柔軟的肉鼻、皺紋密布的淺灰肌膚，我總是同時地也想起P，想起我們曾共度過的快樂與互享的祕密，想起N大那條通往文學院的、落楓飛墜的上坡步道。

（謹以此篇誌P與象）

童

1 家

人的記憶是碎屑，我們沿路撒著屑片，企圖製造一種回家的記號。但那氣味引來鳥與小獸，這是古老的故事的情節。我們從此迷失了方向，怎麼也找不到你的，我的，彼此的家。

因為記憶是肉體造的，所以我們從此失去了某些東西，那從我們身上從我們心中刮除下來的甜味的片碎，成為鳥獸腹內的營養，再化為排泄的糞物滋養一株花，一棵樹，一座森林。因此，或者也可以這樣說——我們的某部分成了供奉山林的供品，而我們迷失其中，從此以野外為家。

流浪再流浪，徒步去指認一條溪流，一片芒花搖盪的野圃，一顆形貌怪異的石頭。我們不放棄記號，繼續提取記憶的存量，流浪復流浪。

在溫暖的床褥中流浪，在沉默的餐桌上流浪，在陶瓷暖爐與冷氣機之間流浪。記憶漸漸長大，成年後變成了夢境，那山野的氣息我們未曾忘卻，你知道你身在家中，但浪蕩的路途才是你真正的歸處。

人是一片片一筆筆拼塗而成的畫像，等到年紀夠老了，從此那畫的顏色與線條也固著了下來。無論去哪裏你都帶著畫走，那是你自己也不是你自己，也許終生你不過揹著另一個陌生人踽踽地顛倒地前行。

老了之後你便稀少地做夢了，但你依舊尋找著夢裏那一條碎屑的小徑。每一次上路，你卻感覺更失去自己一點點。終究你是要把自己分散成好多片塊，像蝴蝶的翅膀輕輕地搧動著野春的芳香。

2 書

我記得，從小是沒有人說床邊故事給我聽的。反之，我擁有非常漂亮且價格不菲的許多故事書——安徒生童話，格林童話，中國民間故事，青少年版的《紅樓夢》，宋話本，明傳奇……凡是能給小孩子讀的故事書，因為母親是文學老師的緣故，我獨自坐擁一小座書山。

不過書總是會讀完的，許多故事我讀了一遍又一遍，譬如那套猩紅色燙金精裝大開本的童話書，小美人魚的情傷一次次割碎我不知世事的小小的心。我想她真是傻，為甚麼這麼拖沓不乾脆地把王子搶到手，豈不幸福美滿？譬如快樂王子，任身體的金箔寶石讓鴿子朋友啄去送給窮人，最後被當作棄物而作廢。我想他真是笨，為甚麼要付出全部給一點也不愛他的人？為甚麼不替自己保留一點點金子，那樣他還是名尊貴的王子？

很久很久以後，我才知道，世界上存在著某種事物，能讓人不顧一切眼盲耳聾地赴湯蹈火，直至心被踐踏成汙泥仍甘願地掉眼淚。淚是珍珠，孵為花泥。那就是愛。只是我太晚才明白。

3 畫

每個孩子都喜歡畫畫。一張撕下的舊日曆紙，背後一片白皚皚。而一本年曆，足夠孩子畫上三百六十五天。甚至比較貪心的，今天還沒過完，會偷偷去撕好幾天份的日曆紙，每張紙對半裁開，釘書機釘起來就是一本小畫冊。封面寫上自己的名字，用蠟筆，字跡歪歪扭扭，像彩殼的小金龜。

在還不知道藝術史多麼龐大以前，我們專注而快樂地畫畫。只要一張紙、一枝筆（闊綽點的可以有一整盒色鉛筆或彩色蠟筆），我們可以畫出所有的幸福事物——甜美的遊樂園，陽光豔好的野餐派對，中世紀城堡般的夢想的家，一隻微笑地咧著粉紅色舌頭的大狗狗——我們也貼小貼紙、糖果紙、報紙上剪下來的卡通小物。每張畫都是繪畫雕塑的拓樸學家。

4 沙

這世界上沒有不喜愛玩沙的孩子。

若孩子哭了，給他雕一個沙堡，用細細的水，鞏固城牆，然後用手指挖出高處的窗戶，再添一座錐形的屋頂，屋頂上必定要插上一把小旗子。

孩子隨即不哭了。他滿眼欣喜地望這座沙堡，伸出細幼的小手掌，像貼著母親的心跳，輕輕地貼在因吸飽了海水而變為深褐色的沙壁上。

你不知道的是，漲潮之後，母親與你的這趟旅程，將在你看不見的地方被捲走、撫平、了無殘跡。此刻，你正搭上回程的火車班次，半個小身體盹在母親寬闊堅實的雙腿上，睡得正長熟正酣熱。你占據了雙人座的沙發座椅，彷彿此刻你就是王，能據有理所當然為你服侍之物。

記得這一刻你是一位小王儲般地盛開而富有，且絕不想起從此以後的一無所有。

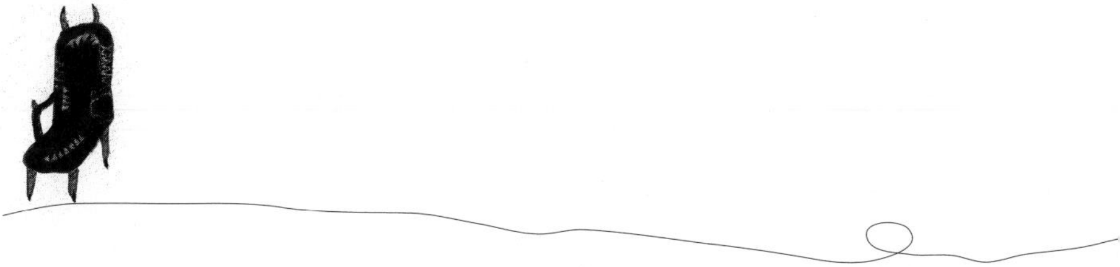

第四章　散策碎言

風暴與烏鴉——村上春樹

有時候所謂命運這東西，就像不斷改變前進方向的沙塵暴一樣。你想要避開他而改變腳步。結果，風暴也好像在配合你似的改變腳步。你再一次改變腳步。於是風暴也同樣地再度改變腳步。好幾次又好幾次，簡直就像黎明前和死神所跳的不祥舞步一樣，不斷地重複又重複。你要問為什麼嗎？因為那風暴並不是從某個遠方吹來的與你無關的什麼。換句話說，那就是你自己。那就是你心中的什麼。

——《海邊的卡夫卡》

我已經錯過了成為最強悍的少年的時機了。

三十七歲時，我在左手的手臂上，請刺青師替我刺上一頭烏鴉。我翻攝了小說的封面給他，說：我要這隻烏鴉。

烏鴉以針、墨與血的形式，妥貼地融入柔軟的肌膚表面。從紋身烏鴉的那一個下午開始，我告訴自己：不能再這樣萎頓下去。要變得強大。

因為村上春樹的緣故，烏鴉於我而言，即意味著征服風暴的強悍。我渴望自己能夠在這場置身其中的風暴之中，睜開眼睛清楚地看見那暴烈的核心，然後擊碎它、消滅它、捻斃它。因為它及我之間，僅有其中夠強的那一方，擁有存活下去的力量。

我不知道自己是不是太悲觀了。我病了很久很久，失眠、煩躁和憂鬱的低潮，反覆地襲擊著我的精神與肉體。我喫過各種形色的藥片，獃過各家擁擠的候診間，等候過各個值數的號碼，領到藥袋後迫不及待地拆開剝藥，然後返家倒在床上昏沉過去。

這樣的流程一直反覆著，在我不堪一提的人生裏重演又重演。有時候我會想——自己真是他媽的軟弱。全然的弱者。像過了保鮮時程的爛軟水柿，被遺忘在黑暗的冷藏庫的深處。

那些最好的時光，我總感覺自己尚未經歷，就已經失去。無論和誰在一起，無論躺在誰的懷抱裏，我都感到深不可測的絕望和困惑：我究竟在做甚麼？我在做的事情，這半輩子的勉力自迫，究竟有甚麼可值記述的意義？

因為身為弱者，所以渴望強大。每一次不經意瞥見左手臂的烏鴉，那纖長的銳爪，那堅硬的喙嘴，那棲止的羽翼，我就向自己警誡一次：我必須變得更強，更強一些，非得如此不可。

我心底這齣重複上映的劇碼，彷彿薛西弗斯與他的巨石，稍微振奮一點、積極幾分，卻立即又從山頂重重滾落至谷底。日復一日，我警惕著自己：一定要振作啊！打起精神來吧！好多好多個日子過去了，我依舊困頓於低谷，蹲抱著膝蓋，為自己的一事無成深深深深地沮喪。

然而烏鴉永恆存在，在我的體膚之上，在我錯失的少年手裏，我尚有感知的每一分每一秒，催促著我：快站起來，張開眼睛！你必須看見，並且絕不逃避！

所以我豎起雙腳，因虛弱與噩夢而搖搖晃晃地，朝那風暴的中心走去。

我以為自己已經碰觸了命運，或至少稍微摸到了一部分輪廓。我以為我做出了選擇，事實上，我不過是再一次地從失敗中逃跑，接著等待下一回的失敗。

失敗在我體內鐵鐵地扎深了根，我說出的語言，寫下的文字，掛記的未果之物，皆染上了無可淡滅的失敗的色澤。那是從我當下租賃的小房間的窗眼望出去所見到的，初秋夜晚那灰燼般的闇調。

孤身至此，我再度漂泊了一次，十餘年來的輾轉流離，我真正賸下的，就是一牆書和兩隻貓。孤獨翻覆意志的凌晨，我撫摸著貓鼾呼起伏的背脊，像是撫摸著一條小小的溪流，水流中有生命在搏動。我經常想起B，以及他（我們）的貓，住在B的公寓的那五百多個日夜，群貓總是不時地彼此揮爪相向。我能給牠們的家太小，B給我的陪伴則太少，以致我後來認定他是個乏情之人。

但我總是想起B在身旁時，無論他是否因白天工作疲憊過勞，而早早地遁入夢鄉，B的體溫、氣味、輕微而沉穩的鼾息，是一整天裏唯一讓我感到安定的存在。

在我大半虛弱的時間裏，B往往是缺席的。B不懂得我的病苦，而我無法分擔他的憂勞。終究那一天到來了：我潦草快速地打包裝箱、抓貓入籠，搬家的貨卡一大早駛進巷子，約莫一個鐘頭，我已與數十隻紙箱與兩貓置身陌生的新居所。我意識到，我已然將自己趕進那風暴內部，那裏面是一座冰冷而僵固的迷宮，無路得以轉圜，終究粉身碎骨。

憂傷的放浪——林芙美子

我是個宿命論的放浪者，沒有故鄉。——《放浪記》

每一年——最多兩年——像是命運的調戲，我滿懷忐忑再一次又一次地、重新尋找堪以棲身的住所。甫滑開手機裏的租屋App，各種數字、坪數、空間、裝潢在眼前展開，我便感到自己已經開始又一趟方向模糊的流浪。

聯絡上陌生的房東，每當我赴約一間陌生的房間，我總是想起林芙美子的浪蕩流離。倘若可以，誰不願意長久地安居在一幢溫暖有光的屋子裏？我想我和芙美子有著類似甚至同質的宿命，我們總是拚盡全力地，往自以為更明亮更美好的處所一路匍匐攀爬而去，手掌腳掌皆磨擦出透明的鮮血，沿途抹擦在所途經的窄梯、陋牆、舊朽的電線、生鏽的鎖匙、不知是否曾被清潔過的水塔。這城市到處是我們的血印，以青春與傷害換取得來的痛苦，記憶裏無法消除的恨意及心碎。

於是各人皆有了各人的放浪事記，像某種祕而不宣的集體情懷，讓我們總是在一回又一回的流浪之間，思念起那並不存在的故鄉。

甚麼是故鄉？甚麼又是家？我以為故鄉是秋好陽光下、花穀搖曳一浪浪金色光芒的一個夢，你從未在此真正出生過，因而也無路得以返鄉。家則是夢外之夢，某種虛渺漂幻如幽靈般的想望，但你總感覺自己未曾有過一個家，因此你頻繁地搬遷，在每一間小屋內，擺布新購的書架和床被，試圖透過氣味與顏色的擴張，建立起屬於自己的疆域，即使知道某一天這一切將再次被摺疊、掂量、捨棄、以最大限度的許可勉力塞入一隻隻紙箱。你注定了必須不斷地不斷地從頭來過，踏上未知之路去重複而重複地破壞又重建你想像的家。

直到現在，我仍舊經常做著關於回家的噩夢——彷彿又回到年少時期，我恐懼著被囚禁、被懲罰的、關於那個家的種種。因而，即使租屋處離那個家再近，我依然固執地選擇久久才回一次家，我不屬於那裏，但我也不屬於租賃棲身的小屋。再多的離開與暫返，皆非獲取救贖之道，我心知肚明自己哪裏都不被良久地容納。

最後一次，我離開了那間我曾經歡快入住，在四牆掛上一張張油畫與針織掛布、在廚房的大窗繫上手染藍布做窗簾、訂購了木架子以擺置一瓶瓶乾燥花與盆栽，以為這樣做從此便能幸福與安寧的小公寓，後來，卻漸漸演變成無盡的家務與瑣事、大量的沉默與蒼白，原本美好的故事卻如此如此地滿溢著無盡孤獨與吞忍。我想自己依舊是愛著B的，在某種層面上，或許我一輩子都會愛他，但我不要再回去那個幻滅的幸福故事裏，寂寞再寂寞地說服自己這就是生活。

每一次重蹈放浪之途，總是意味著更多的失去。我被再三地剝奪過無可計數的心愛的書、心愛的衣物、心愛的收藏、熟悉的地址。但自從有了貓，我說服自己，貓所在之地，就是我的家。無論貧窮與憂鬱如何地反覆重擊著我，為了貓我必須堅定自己的心，無論因潔癖作祟的清掃與家務多麼煩憂著我，無論飢餓與孤獨一遍遍蝕骨啄肉地痛擾著我，我必須堅持下去，盡責守護我最重要的事物。

凌晨孤寂難捱的曖昧時分，貓在枕邊偎著我的一頭亂髮，甜美地沉睡著。我想著，無論我此生的放浪終究有無終點，無論我渴望的家是否能夠成真，無論我曾拋棄他人多少回又被放逐過多少次，我總感覺自己比芙美子更幸運一點點。因為在流離尋覓的長路上，我始終被忠誠地伴隨著、信任著，寧可自己多麼顛簸潦倒，我也絕不辜負那毛茸茸甜蜜蜜的小呼喚。

事物的名字
——維斯瓦娃・辛波絲卡

我這裏有你們的名字：
楓樹，牛蒡，地錢，
石楠，杜松，槲寄生，勿忘我；
而你們誰也不知道我的名字。

——〈植物的沉默〉

我一度瘋迷於植栽，與其說是愛那植物本身的綠意，或許可以說，更迷戀著那些玲瓏的名字：虎尾蘭，嬰兒淚，嫣紅蔓，蔓綠絨，黃金葛，山烏龜，天竺葵，荏胡麻，香橙薄荷，沙漠玫瑰……我一盆又一盆地將三吋五吋的植物搬回住所。花市去了幾趟，逛得頭暈目疲，正值炎夏，身上的洋裝狼狽地沾滿了汗珠與泥沙，但依舊無損我對那些擁有快樂名字的植物的憐愛。後來，我改以網路購物，滑開App便有著許多產自南方農圃的壯碩葉株，且採宅配運送，不怕折損了嬌嫩的根株。

那間與B同居的小公寓裏，因而擺滿了我網上訂購得來的松木花架，我從商店裏購妥乾淨無垢的袋裝泥土以及一只只花盆、蓄水盆，將新遷入的植物小心翼翼地遷盆注土，輕放上架。不多久，我們小小的家裏便滿布著各種層次的綠色，像玉石翡翠，風姿嬌嫩。我在許多時候以油彩描繪過我坐擁的迷你森林，描畫那暴雨下安然於室內抽芽扎根的名字與形色。

關於枯萎的植物，我常看見FB的植栽社團上，有愛植者不厭其工細，將植物根鬚輕搓洗淨，改移至盆水裏養根，等待那水母般的透明觸鬚緩慢再生手腳。我是憊懶之人，常常忘記給水、移位，總等到泥土乾透了、植葉焦渴難耐，才一次澆水至溢出盆底。每過一陣子巡視植物們時，總發現某盆的葉子縮了身骨，某物的植根營養不良，加以室內乏光照，相對於擺在小陽臺的盆栽們，個個身強體健，風雨無懼，烈日淋頭亦可喜。出於懶惰以及顧慮家中氣場，枯萎或爛根以至於無救的植物，我通常連土帶葉就扔進了垃圾袋。

但也有我早就忘記了名字，卻始終頑強生存著的植物，譬如某一盆頑強向光的藤蔓，明明被置於花架最底層，卻不斷向陽光照射的方位延展莖幹，每隔一段時間便冒出一兩片心形新葉。它的頑固求生，甚至讓我感覺到某種堅硬的意志——具備形狀，重量，顏色的那種意志。

我一天到晚驅趕貓靠近這些葉子。貓特異地愛啃葉子，啃得葉面一小窟窿一小窟窿，看著非常可憐。

離開B的公寓的那天，我將所有植栽都遷去了陽臺，我無能將它們帶在身邊，只想著也許有了日照和雨水，它們可以比我在的時候更快樂。

我想，就像是某種偶遇，我們有時出乎所以地從某處獲得了愛，就這麼一點點的愛，像稀微的氧水，我們有時浪費了這一點愛，有時則適巧地遇見了它，吸收了它。植物所教會我的事情，即是它們僅擁有在力圖生存之餘的少許的愛，而那愛讓葉蔓續長，讓花苞綻放。推開門，迎面見來一株剛剛盛放的沙漠玫瑰，花瓣鮮嫩如嫣紅童顏，你能感受到那用盡愛意的盛開，你於焉知曉自己被微弱地愛著。

天堂與毒藥

——托芙・迪特萊弗森

「我想知道，」我對著鏡子裏自己的倒影說，「我們之間，究竟誰才是瘋子。」然後，我坐在打字機前，這是我在這樣一個愈來愈虛幻的世界裏，唯一的希望。寫作的時候，我想：只要能得到無限量的杜冷丁，那個手術不過是讓我進入天堂的先決條件，根本不算什麼。

——《毒藥》

直到現在，現在，我徒步行過那地獄般的夏末，但我依然時常想著，或許，或許等賺了些許稿費，要再嘗一次那天堂般的滋味嗎？那用兩三張紙鈔就能換得的，飛翔的幻象。

我時常為某些事物上癮——或許是暗渡的偷歡，或許是寫作的出神，或許是咖啡、香菸、酒精，是畫布與顏料的香氣。或者，凌晨破曉前的闇色時光，僅有自己與房間裏流瀉漂旋的音樂，貓在床頭熟眠，我享用著失眠者獨有的神祕時刻，吸一管摻了草料的紙菸，等待那即將襲來的暈眩的大浪，我感覺身體浮起，足尖離地，破窗飛翔的慾望消弭肉身的沉重疼痛，接近至福。

好不容易撐過整整半個月失眠與憂鬱的低潮，我乖乖回到醫院就診，服合於規範的安眠藥與鎮定劑。我清楚自己並沒有上癮，也沒有戒除的苦楚，一切就像曾置身其內的一場浪擲的幻術，但我多麼懷念——尤其，尤其當夜深孤身，獨處淒靜，敲打鍵盤的微弱聲響，混繞著無法擺脫的現實窘迫的焦慮。我逼自己思想，逼自己寫字，畢竟大半白晝都被昏沉浪費殆盡，總得逼迫自己產出些甚麼。我是夜行的獸類，在咖啡因和尼古丁之內來回苦惱地踱步。

某夜，我夢見自己站在一家詭異的店門前，店裏燈光昏暗，擺著數組作派豪闊如往昔歌廳的鍍金大桌與酒紅色皮沙發。夢裏我只有一個目的——取得那神奇的草料。店主是一名身形墩胖的中年男人，身著看似昂貴的進口襯衫，衫尾紮進黑色西裝褲腰。我掏出錢鈔，焦慮得直發抖，而他則給了我一管清澈的液體，說是放進專門的小機器裏使用。我將機體的吸口含進嘴裏，將煙霧深深吸進胸腔。

醒來，我極度渴望著再一次體驗那飛翔的快意。但轉念想到房租與貓，與我那少得可憐的收入，我明白此物對我來說過於奢侈，亦無助益，我卻深深渴求著它，以及那股飄浮無重的愉悅。

生活裏總有著許多時候，任何人都無法觸碰你，聽見你，拉住你。濃厚的焦灼與深切的無助，教你儘想著要往那黑暗之域而去。你說服自己：不過就是一場簡潔的交易，只需要再一次，再一次你就能滿意。但你從未遺忘那種感覺，那種，所有鈍重的憂煩皆遠遠遁離，一切感覺起來如此輕盈，輕盈得近乎靈魂本身。

讀托芙的《毒藥》時，我渾身顫慄，我能夠具體且細微地感覺到那強大的渴欲，那軟弱的痛苦，那可以使人不顧一切代價、掏空所有以交換一次性的短暫救贖的快樂。

因為這世界的快樂太稀少，所以我們逐索一切逃脫的路徑，並不斷對自己保證：我沒有壞毀到那個地步——至少目前還沒有。

我們臆想著飛升，卻重重跌落地面。

地獄開啟其裂口之處，我們落入陷阱，卻仍舊渴盼著天堂的微光。

甚麼皆是，也不是
——伊麗莎白·斯特勞特

但其實無論是面對他人或自己，我們也不是一無所知吧。我們對這世上的人總還是有那麼點認識的。

不過我們所有人都是神話，我們無比神祕。我想說的是，我們都是謎。

這或許是我在這世上唯一確知的真相。

——《喔，威廉！》

你曾想起自己那「甚麼都不是」的歲月嗎？

現在，也許你已經「是甚麼」了。也許你是一名盡責養家的父親，或嚴謹持家的母親。也許你是一名憂鬱而貧窮的作家，或憂鬱而貧窮的臨時演員。也許你是初鳴啼聲的新銳歌手，你是掌握內外大小事務的老闆。或許你是個攪和泥塵的臨時工，或許你是建設公司的董事長。抑或者——你就像我一樣，依靠著不牢靠的收入度日，只為了按時上繳房租，餵飽貓和你自己。

總之，你感覺到自己已然「是甚麼」了，或者，你早已忘記你曾經一度「甚麼都不是」。你感覺自身對某個人、某個結構、某份待遇不差的工作、某次跨國出差的任務，都負有必要且無可推卸的責任。你害怕遲到、控制睡眠、定期上健身房以維持日漸鬆弛的腹肌。你日復一日地說服自己，繼續把日子過下去。生活的意義對你而言是巨大而堅硬的謎，你寧願做一個迷惑者，而無力當一位解謎人。

我經常想起自己那「甚麼都不是」的時光：貧窮，孤獨，乏愛，滿心想著今天再寫多一些字，就能比昨天更進步一點點。但是我沒有告訴你的是：直至如今，我依舊感覺自己「甚麼都不是」。這麼多年過去，我依舊貧窮，孤獨，乏愛，頻繁地更改著住址，仰賴著我唯一懂得的寫字小技勉強謀生。差別只在於兩件事情：第一是我有了兩隻個性迥異的貓咪，第二則是我無可避免地老去了許多。

我常常想，自己的前半生就這麼虛耗地過完了，浪擲在一次次的流浪與搬家、一段段以失敗總結的關係。想起過去曾發生的一切，那些醜陋不堪的細節、邪惡肆虐的暴戾、一再撕裂的血痂，我無法不將自己所承擔的失敗，歸咎到那些曾肆無忌憚地以惡待我、傷害我為樂的傢伙身上。

總之，我太不懂得如何及早脫身，所以一年一年地虛擲青春，努力善待那根本不值得的人，換得的是無盡的闇夜噩夢和堅硬的忿恨。

然而，過往的一切與我迄今依然「甚麼都不是」這件事，並不能絕對地劃上等號。我知道自己與這世上大多數的人格格不入，對僵固的體制和朝九晚五的作息反感至極。我是軟弱而偏激的人，一個隨時抹滅也無傷大雅的存在，一只模糊不清的塗鴉記號，一聲微弱而隨即消逝的喟嘆。

我選擇了這樣的路，勉強維持著不致無處可歸的日常，努力購入不差的食物好餵養貓們。或許有人認為，能創作的人就已經「是甚麼」了，但我卻清楚，在這謎團般繁複的現實世界裏，我們終究「甚麼都不是」，這是無法改變的事實。

我們盡力過，也心碎過，但畢竟，每個人都將孤身地踏赴生命的盡頭，如果我們不曾願意去相信些「甚麼」，便不可能去握取此身存在的意義，生活裏珍稀的美好，思想中閃現的靈光。

我們必須體認：所有做出的選擇，都是某些代價的贖償。我盼望著遙遠的未來的某個神祕時刻，我能夠稍稍觸碰到所有未解的謎底：生存之謎，愛之謎，痛苦之謎，庸常之謎，心之謎。所以我這樣地選擇了——「甚麼都不是」，或許也意味「甚麼皆是」。

吞火的人
——瑪格麗特・愛特伍

這是你的詭計或是奇蹟
一次次被耗盡
又毫髮無傷的重生
經歷失敗再從火裏回來
只脫掉一層皮——
就算神話也該有個極限吧？

重生的眼睛是狂熱的

金黃色，屬於烏或獅子

——〈吞火〉

我自覺屬於那類心志軟弱而容易傾斜的人，但我經常收到許多他人的訊息，他們說：你好勇敢。你很堅強。你很棒。——面對這些讚許，我往往不知如何是好，我想自己一點也不果決，一點也不勇敢哪。他們是不是誤會了甚麼？我寫下的文字導致他人因而有了這樣的幻覺嗎？

這是不是代表我說了謊？以至於所有人都被我欺瞞過江，對我產生樂觀的錯覺？

每一個苦楚輾轉的深夜，我確切地感受到烈火灼身的疼痛，那疼痛啃噬著我的肌肉，我的意志，我曾經擁有過的柔軟的心。我曾經對白晝懷抱著無限的希望，一日之始，早晨總是金色的，金粼粼的晨光越過陽臺的鐵欄，注入我小小的窗景。我曾經一度相信，我曾經那麼相信，只要越過黑夜的界線，緊接而來的，應該是新鮮的光明。

時光似火，焦燎我命。每當我企圖擺落那些沉重的陰霾、黏膩的焦慮，我意識到單憑自己一個人，即便用盡全力，一旦摻入了他人的意志，一切於焉變得非常困難而複雜。於是，我一趟又一趟地搬遷，斬落一段又一段關係。我總是需要幫助，但舊去新來的眾人們，卻總是索求著我的關照，自私地榨取我僅存的氣力。

我不是心懷大愛，或者善於面對現實的那類人，我的力氣極少，心智脆弱，慣常逃避。偏偏我遇到的人都是向我示弱的似弱者，弱者與弱者彼此之間，總是進行著誰比較柔弱易受傷的詭譎競賽，最弱的人可以握有某種霸道的優勢，左右權力的局勢。

對於滿口言愛之人，我早已厭煩透頂。我需要的是寫作，寫作，寫作。唯有文學與貓足以撫平我，安定我。我早已不再年輕，青春虛擲在火裏，回視半生來路，路面積滿雪粉般的灰燼。

就算我說了謊，我依舊盡力誠實。

我以肉身做柴，燃燒到沒有為止。

語言是烈火，我在火裏感到溫暖與幸福。這是所有我經歷過的感情都不能帶給我的——真實與滿足，理解與親密。

每一次劫後餘生，每一次酒醉復醒，天光輕輕地拂過我的臉膚，我便知曉，自己又悄悄地暗暗地重生了一回。

吞火之人，必須歡喜灼身。

我明瞭命運。我拮抗命運。縱使此生注定要做一個失敗者，我還能擎高文字的火光，為我指引暗影層疊之中，足以顛倒行路的途向。

死黯的幻置

——李歐納·柯恩

如果我嗑了顆藥
我會對你感覺好很多
我要給你寫一首詩
它聽起來像一封信

我會殺掉一個小氣鬼
我會割下他的耳朵
把那耳朵寄給你

附上一句「你要是在這裏就好了」

我正在努力了結
我失敗的職業生涯
以一根白色香菸
和啤酒拉上帷幕

我懇求你來
我打電話懇求
你還會錯得多離譜
我最好一個人待著

我正在努力了結
我失敗的職業生涯
用在此時此地
的一點真實

——〈如果我嗑了顆藥〉

有時候，兩枚淡橘色的贊安諾能讓我趨於平緩，但通常情況並不是這樣的。再追加兩顆克憂果，有效或無效，完全取決於我願意或不願意。然而，願意與不願意，又遠非我的理智能夠控制。這些藥袋上囑咐早晚各服一次的藥錠，我卻心懷焦灼地撈一把在掌心，就著咖啡或手邊的各種酒水吞嚥入喉。將近半年過去，似乎有稍許轉圜，至少其他各色各形的安眠藥，能換得我整夜墜入黑洞般的睡眠。

在夢境的黑幕舞臺上，有時我會奇異地夢見某個人，譬如已不在這世界上的L，譬如我抱持善意但未可堪稱深交的Y，譬如曾經要好得每晚密聊到深夜的J，譬如多年前已過世的公公……夢中，我或與他們擦身而過，但更多發生的情節是：那人趨近我，我們並肩置身於某幢華麗闊高的建築物中，可能是美術館或玻璃帷幕大樓的高處，或是一條如觀光市場般店家繁鬧的陌生街道。我感覺那人親密又疏遠，陌異而熟悉，我無法去揣度夢中此刻我們彼此之間的關係，究竟是心懷某種難以言說的情緒，抑或已然生出某份沉重的默契？

夢醒之後，我便特別地想寫信。

我想要寫一封長信，好向你細緩地描述，夢中的你於我而言意義如何地深重，在夢中特有的曖昧氤氳之下，你顯得多麼美好而不可親褻。我想自己必定對你懷有某些憾恨，某些懊悔，某些不可實踐的慾望，某些注定無望的感情——那些連我也無法用言語精準地表述之物，因為這一切不過是一場夢，而現實裏的我們是多麼忙碌，我們度日的方式是多麼地迥異，我們為金錢而耗神，為創作而掏心，我若是突兀地將一封信擲向你，單單僅為了訴說某個於你毫無意義的夢境，接到信的你必然會想——這真是愚蠢至極，浪費生命。

所以，我用力按捺衝動的心緒，像將一群潮蟹驅趕進濕潤的沙穴，那所有的躁動與不安寧便能慢慢平息下來，此時我僅能服藥，抗焦慮抗憂鬱抗甚麼的囫圇吞下，凡是能幫助我抵抗欲言而不可言的失落感的事物，我一律吞食無誤。

然後，我將短暫地睡著，如同漂浮在水面般的短而淺的睡眠，有人往水面投擲碎石，一片落葉，引發微小的漣漪。醒來後，我便不再繼續想著寫信的事，並慶幸著自己沒有倉促地做出荒誕的舉措。只是那些夢還在我體內，在我的每一根微血管裏竄游，教我過敏，噴嚏，頭疼。我是造夢之人，亦為吞夢之獸。夢夜復一夜地持續搬演，而人們亦日復一日地離我遠去。

一切都是自由的——蕭紅

是凡在太陽下的，都是健康的、漂亮的，拍一拍連大樹都會發響的，叫一叫就是站在對面的土牆都會回答似的。花開了，就像花睡醒了似的。鳥飛了，就像鳥上天了似的。蟲子叫了，就像蟲子在說話似的。一切都活了。都有無限的本領，要做什麼，就做什麼。要怎麼樣，就怎麼樣。都是自由的。

——《呼蘭河傳》

我始終感覺自己生錯了時代，要是在一九三〇，要是在上海，要是我能在滿街的布料商中揀一家，訂製一套合身的絲緞旗袍，也許我能夠單憑一枝筆、一疊紙稿，或許也就家戶皆知，一夕成名。

許鞍華導演的《黃金時代》裏，飾演蕭紅的湯唯，將蕭紅演得極美，清新明麗如雪中精靈，卻總摻有幾分南方的嬌弱氣。身為浙江女子的湯唯，也許知道或並不知道，蕭紅是那麼剛烈那麼百般要強的東北女人，她的愛與恨都是那麼颯爽絕倫。但因為太迷戀蕭紅，電影我依然看得入迷。首映那陣子，巴士車身上敷的盡是角色的特寫海報——「想怎麼活，就怎麼活」，從火車車窗探出半張臉蛋的蕭紅，看上去對一切滿懷著金色的盼望。

我曾經大言不慚地宣示——自己只要活到和蕭紅死時一樣的年紀。一日一月地拖沓，如今我早已比蕭紅老上許多，蕭紅死前是含恨的，是千萬分不甘心的，而我繼續活著，卻也忍著某些燒煉之苦。時間，現實，寫作——我還沒有攀上那座頂峰，我甚至不知道自己能不能攀高攻頂？至高之處存不存在？後世的人們將如何記得我？或如何遺忘我？我想起來便感到一陣陣怖懼，並氣著自己的遲緩與寡才。

我不知道其他的寫作者，是不是也和我類似，總有著生不逢時的愾忿。有的人很好地利用了網路時代資訊發達的優勢，現身於各式各樣的媒介、影音、場合，彷若周身珠光的演藝人。我經常感到自己已然過時，況且如此老派。我只懂得儘管悶著頭一個勁地寫字，每當詰疑浮現，我便一而再地用力地說服自己：至少我是自由的，沒有人能規範我該怎麼寫作。

給蕭軍的信裏，蕭紅寫道：「自由和舒適，平靜和安閒，經濟一點也不壓迫，這真是黃金時代——在籠子裏過的。」而我也常在他人詢問歲數後，得到類似的回答：「你現在正是最好的年紀，不要浪費了。」甚麼是黃金的時代？甚麼是最好的年歲？我只知道自己一個月捱著一個月，一年緊捱著一年地，勉強而用盡全力地活下去。也許我並不想像蕭紅一樣死在三十一歲，我想著自己必須至少活得比貓長，而貓還年輕輕活潑潑的，估計至少還可活上十五年——也許我永遠不會迎來我的黃金時代，我僅不過冀望著維持這微小的自由，在我還能寫字的時候，想怎麼寫，就怎麼寫。

孤島的戍守者——木心

驛馬車行業中
特快馬車的出現
使時間再度縮短
當年，能與驛馬爭鋒的
就是郵便馬車
車上除了郵件也載旅客
此外，還享有特權
任何車馬擋道，必須讓路

車掌兼保鑣
佩帶槍枝，以衛護郵件和旅客
我所等候的就是這樣送來的一封信

——〈我至今猶在等候〉

等待是一件磨人的事情。但往往許多時候，我們所能做的，也僅止於等待本身。

你等待著某個寡情之人，盼求他為你而動蕩真心。你等待著自己成為獨一無二之選的那時。你等待著成功與聲譽，挺胸而揚眉。你等待著時間，時間讓你脫離家庭的綑縛，讓你呼吸自由與獨立。你等待事態好轉，深信著只要自己不斷地退讓與付出，這段關係就有得救的一日。你等待疼痛過去，等待病癥消逝。夜復一夜，你等待著藥錠被身體吸吮，發揮它應具的功效，使你獲取珍稀的睡眠。你的伴侶，朋友，家人，總是走得比你緩慢，你的步伐太快，心思太急，彷彿得迎頭趕上甚麼似地行色匆匆，但你得回過頭去等待他們，心底滿是不耐與疑惑。

經常地，你等待著幸運之神眷顧你身，你等待著擺脫困境的那一天，一切將要撥雲見日，你的人生將戲劇性地轉捩。你等待著幸福，等待著愛，等待另一個人給你你所渴望的全部，然後盡數地反悔、收回、離開。

無數個夜晚，你耐心地等待窗光再深一些，再暗幾分，你便可以選一首歌重複地放，你便能夠任憑文字指引你的手與眼睛。此時此刻，你感受到你始終盼望的等候的自由——你的意志堅定，心智靈動，語言之神正叩響你陋室的門扉，祂即將走近你，擁抱你，進入你——獨獨是這樣的時光，你才感覺那所有瑣碎的考驗，氣力的耗損，全都遠離了你。

你擁抱著稀貴的自由，明瞭這段反覆搬演的漫漫等待，終究是值得的。

若你終於明白過來，並非所有的等候都能獲取補償，若你終於清楚真相，更多的時候等待不過是你獨自孤執的匕首，伴隨微妙得近乎無可辨識的意識的流亡，一刃一刃地刺入你自己：裂碎的心，易折的肋骨，緊縮的胃，困惑的雙眼……

有些時候，等待是值得的，但更經常地，等待卻全然地不值得。

如今，你忍耐著深夜襲來的飢餓，面對著你的十三吋舊筆電，在螢幕上毫無章法地敲擊出一行又一行囈語般的句子。你想著：這是為了甚麼呢？你靈感枯涸，眼球乾燥，你想將所有懷抱的悲傷與快樂，向你想像中臉孔模糊的眾人掏心傾訴，你盼望著自己的苦行足以動搖他人的心，你的心卻已然形色枯槁。你感到絕望，你還有許多事不得不去做，過載的承諾不得不踐行，但此刻你只想要休息，緩慢且深長的休息，無夢無魘的休息。你等待著等待本身，彷彿僅需冗長而無盡頭的等待，你便如償所願。

華袍與蚤子——張愛玲

生命是一襲華美的袍，長滿了蝨子。——〈天才夢〉

我想說說那些美麗的衣服們。

有好幾年的時間，我長得很病很瘦，病得身體即使在炎炎仲夏，也擠不出幾滴汗來。那時還沒有貓，我時常獨自走稍長一段路便嚴厲地中暑，嘔吐，暈眩，每天僅管灌著黑咖啡抽著濃菸，而不願意好好地喫飯，心底總是恐懼著回家，家裏有時時發怒的伴侶，我盡足了討好的力氣，他卻總是在憤怒，將一切的不如意向我憤怒。日夜活在懼怕而緊繃的糟糕情緒裏，我唯一快樂的事情便是掙了錢去買衣服。

那些衣服多漂亮啊，稀薄如蝶翼的雪紡，柔軟如雲絮的棉織，散發奇異芬芳的皮革，緊貼腰身襯得腿長腰細的牛仔褲。皮靴，繡花，高跟鞋，細肩帶，洋裝，襯衫，短旗袍，皮夾克。低腰小腳窄管褲，修身飄逸長裙，排釦抽鬚迷你裙。過冬穿的一襲襲過膝及踝長大衣，一件件厚紡細軟毛織衫，一捲捲暖融融羊毛圍巾……

想當然耳，我的衣櫃日漸擁擠起來，當時削瘦如我，體重遠低於標準數字，自然是毫無忌憚地穿著，駭世驚俗地打扮。搭配的飾品自然也是無窮的：簡潔的繁複的亮閃閃的耳墜，琉璃的珍珠的金銀的皮編的鍊子，絲巾可繞頸一圈飄飄欲仙，也可紮在髮上俐落無邊。

〈更衣記〉中，張愛玲特別細究了中國男女的時裝演變，那些細緻巧密的款色更迭，與時代的政治的脈絡緊緊縫綴在一處：

> 時裝的日新月異並不一定表現活潑的精神與新穎的思想。恰巧相反。它可以代表呆滯；由於其他活動範圍內的失敗，所有的創造力都流入衣服的區域裏去。在政治混亂期間，人們沒有能力改良他們的生活情形。他們只能夠創造他們貼身的環境——那就是衣服。我們各人住在各人的衣服裏。

慧黠玲瓏如張愛玲，熱愛著漂亮的衣服，畫了各式各款的女子服裝，也拿過了時的舊布舊衣裁製新裝。張愛玲一輩子都是秀美而清瘦的，相片裏的她彷若有些倨傲著自己的品味與手藝，微翹著頸子，穿著改良的窄腰旗袍，成為她的經典形象。她知道，在嚴峻的大時代底下，艱難茹苦地求生存，唯有一襲合意的衣衫能教人悄悄地解放一點點自己。

令人傷心卻也高興的是，離開了那段地獄般的關係，我遇上了幾個不大好也不大壞的人，沒有人給予過我澈底的幸福或不幸。這兩三年，可能因為飲食較多，也可能因為中年已至，我日日漸漸地發胖起來，懂得說話的人會面讚我豐滿性感，但我大抵有著相當的自知之明，衣服即是最好的審判，不過幾年前買的合身洋裝套不進身，偶遇一件還能合身者，則簡直要感動涕零。

趁著搬家，我將那些一年穿不到幾回的衣服紮成兩大包裹，便宜及有瑕疵的捐去回收箱捐掉，揀出近全新及細節精美的贈人。我想著從此他人可能便活在我的衣服裏，那些片落的記憶與細碎的時光，也將在她們身上現出日常的輝美嗎？不看衣服的時日，我寫著字，與貓共枕。有時轉頭瞥見清空了近半的衣櫥與鞋架，忖著度冬的衣服何時該購幾套——想著衣服仍舊教我愉快起來，那是極其單純的賞悅，從袖孔或衣襬的縫隙裏重新窺探這世界，彷若一切如新，靜好安寧。

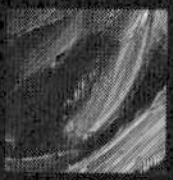

後記

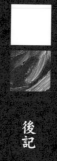

你道是浮花浪蕊，他須是靈根異卉

寫這篇後記時，是凌晨五點鐘，星期一。在此之前，我已反覆地起身抽菸又躺下滑手機耗去兩個鐘頭。今天，星期一，得抓兩隻胖貓出門剪指甲，貓們想必是哈氣伸爪頑抗到底的。今天，星期一，還要把陽臺積了一週的垃圾清掉。今天，星期一，得去一趟郵局。

為了生存而承擔的龐然的瑣碎事務不停地磨耗我的氣力，磨損我的心智，我一向不擅長也不喜歡這一切基本的生存道理：不得不依從的規矩，行事曆訂下的時程表，房租保險費信用卡費，我深深憎恨著這些非從不可之事，掏出薄弱的紙鈔，每一張藍綠紙頭，都是我拚命寫字所換來的酬勞。

然而，此刻心底最焦悶的，並不是貓或者錢，而是看見近期公布的文學獎名冊，冊上有不少我識得的名字，卻並沒有我的。或許有人會說，「你已經不需要得獎來肯定自己，你已經是一個作家。」但天殺的，我知道我就是需要，我渴求著所有的榮光加身，來確認自己是一個夠格的寫作者。明知道得獎是一次性的，是運氣加上實力的俄羅斯轉盤，而我就是那麼地飢渴且篤信著世間一切的鍍金披身。

大抵是因我過的生活貧素得可憎罷——總覺得自己心神虛弱，光陰虛度。我也知道，這輩子早就過了最好看的年紀，聰明沒長進幾分，尤其缺乏與現實攪和的能力。我幾乎從來不重讀自己的書，悔其少作之外我更想毀己少作，那些寫過的字對我而言已經死了，我必須不斷地謀求重生，因此我必須不斷地寫作，直到孤老病深，再無分毫握筆的氣力。

虛名無望，幸運之神沒有要眷顧我夜夜獨身敲字的仄室，我不斷重複逼問自己：我真覺得我有資格做一個作家嗎？當那些耗心潰力的大量文字，再三被摒除於大獎門檻之外。他人神清氣爽衣著光鮮，而我衣衫襤褸滿面潰敗之色。倘若我寫得夠好，我怎麼淪落為敗陣之徒？我依靠著機率的僥倖，仰賴著他人的善意，勉勉強強維持一人二貓的日常用度。這樣子偷生度日的我，不更像是一株根系薄弱的浮花浪蕊嗎？

我翻找藥袋，又吞下兩顆抗憂鬱藥錠。

你道是浮花浪蕊，他須是靈根異卉*。然而我們信仰——至少我誠心信仰——年復一年的虛盼落空，燼化為無，那之後，我抱著我的筆電和書，再努力一點，也許我們就能再接近那虛構的聖殿一步，再一步。

至於，那聖殿之內供奉著甚麼樣的神？甚麼樣的許諾？甚麼樣的聖潔？唯有親眼見證才能教我篤定——寫作十餘年，我所追尋的文學的誠實與生存的真實，究竟被握在何方神聖的大掌心裏。

這時是清晨六點鐘，星期一。我感覺自己的身體離這世界很遠很遠，遠得彷彿要飄浮起來，而天光已經暗自地醒過來了，我放棄了期盼卻依舊期盼著，自己是那天選的靈根異卉。語言是金子，遇火即鎔變。無數個夜深我勤勤懇懇地敲捻著鍵盤，彷彿能感知到每一個字的重量，像金塊縛於指尖，鎏光閃爍且等待著被我打磨塑形。

我將我金子般的心呈獻予你，且一意孤盼著它被某人珍惜。

*元．湯式〈一枝花．休言雨露恩套．尾聲〉。

【新書分享會】

《你道是浮花浪蕊》

崔舜華

2023 / 04 / 22（六）

時間｜晚上7點

地點｜紀州庵文學森林

（台北市中正區同安街107號）

洽詢電話：(02)2749-4988

＊免費入場，座位有限

國家圖書館預行編目資料

你道是浮花浪蕊/崔舜華著. -- 初版. -- 臺北市 : 寶瓶文化事業股份有限公司, 2023.04
面 ; 公分. -- (Island ; 325)

ISBN 978-986-406-351-2(平裝)

863.55 112003755

Island 325

你道是浮花浪蕊

作者／崔舜華

發行人／張寶琴
社長兼總編輯／朱亞君
副總編輯／張純玲
資深編輯／丁慧瑋
編輯／林婕伃
美術主編／林慧雯
校對／林婕伃・陳佩伶・呂佳真・崔舜華
營銷部主任／林歆婕　業務專員／林裕翔　企劃專員／李祉萱
財務／莊玉萍
出版者／寶瓶文化事業股份有限公司
地址／台北市110信義區基隆路一段180號8樓
電話／(02)27494988　傳真／(02)27495072
郵政劃撥／19446403　寶瓶文化事業股份有限公司
印刷廠／世和印製企業有限公司
總經銷／大和書報圖書股份有限公司　電話／(02)89902588
地址／新北市新莊區五工五路2號　傳真／(02)22997900
E-mail／aquarius@udngroup.com

法律顧問／理律法律事務所陳長文律師、蔣大中律師
如有破損或裝訂錯誤，請寄回本公司更換
著作完成日期／二〇二三年一月
初版一刷日期／二〇二三年四月十日
ISBN／978-986-406-351-2
定價／三五〇元

本書獲國藝會創作補助。

AQUARIUS 寶瓶 文化事業

愛書人卡

感謝您熱心的為我們填寫，
對您的意見，我們會認真的加以參考，
希望寶瓶文化推出的每一本書，都能得到您的肯定與永遠的支持。

系列：Island 325　書名：你道是浮花浪蕊

1. 姓名：＿＿＿＿＿＿＿　性別：□男　□女
2. 生日：＿＿年＿＿月＿＿日
3. 教育程度：□大學以上　□大學　□專科　□高中、高職　□高中職以下
4. 職業：＿＿＿＿＿＿＿
5. 聯絡地址：＿＿＿＿＿＿＿＿＿＿＿＿＿＿＿＿

   聯絡電話：＿＿＿＿＿＿＿　手機：＿＿＿＿＿＿＿
6. E-mail信箱：＿＿＿＿＿＿＿＿＿＿＿＿

   □同意　□不同意　免費獲得寶瓶文化叢書訊息
7. 購買日期：＿＿年＿＿月＿＿日
8. 您得知本書的管道：□報紙／雜誌　□電視／電台　□親友介紹　□逛書店　□網路　□傳單／海報　□廣告　□瓶中書電子報　□其他
9. 您在哪裡買到本書：□書店，店名＿＿＿＿＿　□劃撥　□現場活動　□贈書　□網路購書，網站名稱：＿＿＿＿＿＿　□其他＿＿＿＿＿
10. 對本書的建議：（請填代號　1. 滿意　2. 尚可　3. 再改進，請提供意見）

    內容：＿＿＿＿＿＿＿＿

    封面：＿＿＿＿＿＿＿＿

    編排：＿＿＿＿＿＿＿＿

    其他：＿＿＿＿＿＿＿＿

    綜合意見：＿＿＿＿＿＿＿＿＿＿＿＿＿＿＿＿＿＿
11. 希望我們未來出版哪一類的書籍：＿＿＿＿＿＿＿＿＿＿＿＿

讓文字與書寫的聲音大鳴大放

寶瓶文化事業股份有限公司

（請沿此虛線剪下）

廣 告 回 函
北區郵政管理局登記
證北台字15345號
免貼郵票

寶瓶文化事業股份有限公司 收

110台北市信義區基隆路一段180號8樓

8F,180 KEELUNG RD.,SEC.1,

TAIPEI.(110)TAIWAN R.O.C.

（請沿虛線對折後寄回，或傳真至02-27495072。謝謝）